七 / 著

七邮轮日记

和海上调酒师一起周游世界

北京日报出版社

图书在版编目（CIP）数据

小七邮轮日记：和海上调酒师一起周游世界 / 洪小七著. -- 北京：北京日报出版社，2020.1
ISBN 978-7-5477-3510-7

Ⅰ.①小… Ⅱ.①洪… Ⅲ.①游记－作品集－中国－当代 Ⅳ.①I267.4

中国版本图书馆CIP数据核字(2019)第212530号

小七邮轮日记 和海上调酒师一起周游世界

出版发行：	北京日报出版社
地　　址：	北京市东城区东单三条8-16号东方广场东配楼四层
邮　　编：	100005
电　　话：	发行部：（010）65255876
	总编室：（010）65252135
印　　刷：	武汉市卓源印务有限公司
经　　销：	各地新华书店
版　　次：	2020 年 1 月第 1 版
	2020 年 1 月第 1 次印刷
开　　本：	880 毫米×1230 毫米　　1/32
印　　张：	6
字　　数：	120千字
定　　价：	58.00 元

版权所有，侵权必究，未经许可，不得转载

序

我曾经是一名海员。从2010年到2013年,三年的邮轮生活结束。那段记忆犹如风筝线断,越飘越远。我用了整整一年的时间,听着Coldplay,敲着键盘,竭尽所能地把三年的邮轮生活做一个类似日记的记录。我在邮轮上做调酒师,我去过20多个国家,我想记录这段不一样的经历。

这就像我和邮轮谈了一场刻骨铭心的恋爱,从认识、喜欢、追求、交往,到最后分手⋯⋯

当我回到陆地,发现世界大不一样。我自觉地脱去鳞片,重新调整呼吸,四周林立着森林般的高楼大厦。我走得越来越远,但是每当我回头望向海边,心境都如同刚出海时一样小鹿乱撞。

儿时看杰克·伦敦的《海狼》,阅读他的传记,我在脑海里便幻想成为一名海员。没想到通过邮轮实现了这个梦想,说来有点飘忽,但我切切实实地去实现了。

经历过后,如果你问我,三年的海员生活,最大的收获是什么?我会说:我更加成熟了。所谓的成熟,不是一下子长了大胡子,而是美丽的风景看多了,有趣的人交往多了,内心淡然了,风景还是很美,人也依然有趣,我不会大呼小叫,而是淡然一笑。

content 目录

第一章　鲸鱼肚皮

登船　　　　　　　　　3

鲸鱼肚皮　　　　　　　5

索隆　　　　　　　　　7

Sorry　　　　　　　　9

磨砺　　　　　　　　　11

舌头作战计划　　　　　13

Mess餐厅　　　　　　14

台风来临　　　　　　　17

第二章　船上相遇

Tiger　　　　　　　　23

匹诺曹的鼻子　　　　　27

"奥巴马先生"　　　　　29

画房子的调酒师　　　　31

微笑的相遇（上）　　　35

微笑的相遇（中）　　　39

微笑的相遇（下）　　　42

乱舞聚会　　　　　　　46

"海明威先生"　　　　　50

第三章　船内船外

巴塞罗那	55
意大利	67
希腊和土耳其	72
孤独的钢琴手	76
Small Mark	79
美味的乡愁	88
自信的得来	94
培训和演习	97
Rain	109
赚钱的活计	113

第四章　世界尽头

加勒比海的世界	123
牙买加	126
偷灵魂的老头	130
艾美丽	133
加勒比海的游泳池	138
和加勒比海同事的相处	142
去迈阿密	148

巴哈马夜游	**151**
苏菲	**157**
尤金	**165**
去澳洲	**170**
塔斯马尼亚	**178**

第一章 鲸鱼肚皮

船之大,犹如巨鲸。

有时我真希望每天在路上走的时间长一点,一下子就到达要去的地方实在有点无聊,想想人生也是如此。

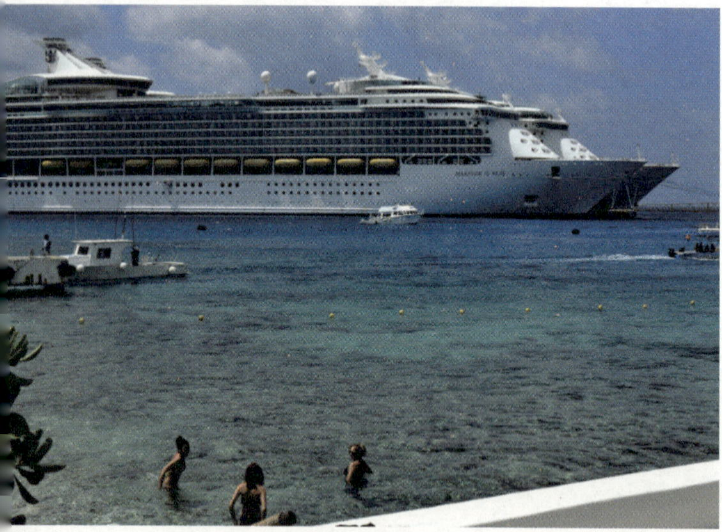

登船

飞机到了香港。

我穿着厚衣服，款式老土，一进机场大厅，就自惭形秽，如同电视剧《北京人在纽约》的主人公一样，犹如掉进了大海。人群熙攘，形形色色，不同的面容，不同的穿戴，夹身其间，我活脱脱像一只鸭嘴兽。我瞪大了眼睛，感到全身都被人盯着，无所适从。

这只是一个机场，而我身处此地，显得不伦不类。这种感觉直到我后来去了很多地方，见过很多人后才逐渐消失。在机场里慢慢等待公司的人来接我。我在大厅里来回转悠，观察各色人等，试图发现和我一样目的上船者。兜了好几圈，发现一个菲律宾人，褪色T恤、短裤、拖鞋，简单而又邋遢。我鼓起勇气和他搭讪。

他说一口流利的"菲律宾英语"，我则是不流利的"重庆英语"，看似交流还算无碍。闲着没事就瞎聊，他和我上的是同一条船！一条船上的人，就是兄弟了。我开始问他很多问题，他就和我聊很多船上的生活。后来每次在船上遇见他，我都感到很开心，和他打招呼都是异常的亲热。

等待的时间越来越长，聚在一起的人也越来越多。有一个中国女孩，是餐饮部门的，一脸清秀，说话声音像果冻一样柔软。我便撇开菲律宾人，和这女孩聊了许久。

等了两个小时，中介终于来了。他带我们上车，迅速驶离机场。在车上，司机和我们聊天，他说他祖籍山东，是妈妈一个人偷渡到香港，恋爱结婚然后生下他。他逐渐长大，变成香港人，说一口流利的香港普通话。

司机把我们拉到尖沙咀海港城。船就靠在这里。

第一次看到船的时候我还是震惊了，怎么会有这么大的船！"神话号"在皇家加勒比公司里算是小船，但没见过大世面的我还是觉得它好大。

上船前经过安检，保安核查我们的合同邀请函，收走了我们所有的证件，以及体检的一些资料。然后人事部的员工带我们进船。那一刻我才真正上船，开始了另一段漂泊的生活。

鲸鱼肚皮

船之大，犹如巨鲸。

进入"鲸鱼"肚里，有一条直肠通道，通道里人来人往。我拉着行李箱，像过街的老鼠一样小心翼翼，生怕踩到哪根鲸鱼神经会分泌唾液把我消化掉。

办完登船手续，便各回各家，各找各的房间。我的房间号是1711（到底是多少号我忘了，姑且当作1711），虽说号码是清楚了，但没有方向感的我还是找了半天。

在船上的第一周可以称作寻路记。每当要去培训、要去食堂、要找房间、要赶去工作时，我都只好厚着脸皮硬生生地拦住过道路人甲乙丙丁，用生硬拗口的英语问他们。每次都能得到满意的答复，甚者多次还被路人直接带到目的地。但是，多问几次，自己都觉得很烦，只好命令自己强记。

当然，鲸鱼肚皮再大也撑不过天，一周我便记住了所有常去的地方。一个月后，你便会暗自嘀咕：这船好小，寝室到任何一个地方步行都不超过七分钟，还要慢吞吞地走。现在皇家加勒比最大的也是当今世界上最大的两艘船，从船头走到船尾要用十五分钟，的确够大。有时我真希望每天在路上走的时间长一点，一下子就到达要去的地方实在有点无聊，想想人生也是如此。姑且把这算作船上无聊清单的第一项。

1711号房间在船的负二层，得下两个楼梯。负一层和负二层都是细长的通道，两边的房间号一个挨一个，通道则像渔网一样分布开来。我好不容易找到1711，打开，四平方米左右的房间呈现在眼前，简直就是叮当猫的抽屉屋！一个上下铺、一台电视机、一台冰箱、一个衣柜、一把椅子。房间逼仄，金属天花板漆成白色，没有窗户，没有阳台，没有沙发，房门一关，仿佛自己被压扁了一样。天花板上的排气口，便是我们日夜呼吸的肺叶。我忘了，还有一个洗手间，同样小得惊人。一想到接下来的日子里每天要睡在这么小的抽屉屋里，多少让人觉得委屈。可日子久了，竟也习惯了，甚至还在屋里煮火锅、烤肉、喝酒、聊天、吹牛、发呆，等等。好几次屋里挤满了人，像东京的沙丁鱼电车，还各得其乐。

索隆

我们的床是上下铺,寝室可以住两个人。我的室友换了好几拨,基本每个合同期六个半月的时间都会至少和两个不同的人共处一室。

第一个人是菲律宾人,叫索隆。人很黑,大腹便便,一脸匪相。后来得知他是我们部门的主管之一,相当于酒吧里的领班。

他基本上晚班,和我上班的时间相错。每次我回去他都在睡觉,他回来则是我在睡觉,真正在寝室里单独相处面对面交谈的时间少之又少,除了开头互问名字、来自哪里、在这行做了多久这种老问题,几乎没有交流。

他喜欢看电视,船上电视台都是卫星信号,除了CNN(美国有线电视新闻网)、BBC(英国广播电视)、MTV(音乐电视),就是些翻来覆去重复播放的英文电影、电视剧,没有字幕。他不喜欢看新闻,总是看警匪连续剧《迈阿密》,由于船上一个月都放同一集,他也每次都看同一集,永不疲倦。

我常常不好意思换台,亦无其他事可做,那么小的房间实在也捣鼓不出什么来,只好耐着性子陪他一起看。每次看不到十分钟,当故作高深、西装笔挺的侦探眯着眼拿着放大镜在高挑美女助理的旁边仔细观察血腥一片的尸体时,他就睡着了。于是我便换台,换到MTV,同样看一会儿,然后关掉睡觉。

  索隆喜欢喝酒,一看肚子便知,但是他很少在寝室喝,心情我也可以理解。两个完全不搭的男人在一起喝酒怎么看都像是无聊的默剧。他或者在员工酒吧,或者在他的"柏萨罗"(船上英语,指来自同一个国家的朋友)寝室里畅饮。本来嘛,他和我连话都讲得少,没有共同语言,更不要说共同参与一起喝酒这么能激发肾上腺激素的活动了。

Sorry

在船上每天都要工作,这里没有周末。

刚开始实在很难熬,特别是前两周,密密麻麻排满了安全培训。每天上午八点开始培训,到中午十二点,然后下午工作,上十个小时左右,中间有休息,我们的工作每四五个小时便要休息一下,休息时可以回寝室睡觉、喝水、看电视、上厕所。连续的培训,使我睡眠严重不足,每次一回寝室便可以倒头大睡。

工作要学的东西堆积如山,不知从何着手。我们的主要工作是销售酒水饮料。琳琅满目的洋酒、眼花缭乱的鸡尾酒,而我初来乍到犹如一张白纸,什么都不懂,只好耐着性子,压抑想逃的冲动,一点一点地学。

我记得在船上工作的第一个地方是剧院,叫"那是剧院",有单独的吧台。

酒在吧台由调酒师调好,然后由服务员端给各自的客人。我的第一个搭档叫Jack,来自中国。

第一天工作,我蹑手蹑脚,不知该如何应对。当天的记忆已经模糊不清。

Jack在工作的间隙问我来自哪里，我说我来自重庆。这也许是一个愉快的开头。Jack说他喜欢重庆，他说："有人欺负你时，和我讲就是。"

　　我问他："你去过哪些地方？"

　　他说："我才从欧洲回来，去过希腊、西班牙和地中海。"

　　我瞬间对他非常崇拜，那正是我想去的地方。

　　虽说如此，但那种可怕的孤独和自我封闭随时都会打败自己。暂且不说想放弃，但是刚开始时我毫无自信，就记忆深处里也不知对多少人说了多少次"Sorry"（对不起）。

　　我不断地犯错，不断地学习，慢慢地也就不再说那么多Sorry了，慢慢地也就适应了，直到后来，也不过如此嘛。

磨砺

在船上的第一天，一位客人找我点了一瓶虎牌啤酒。那张收据单我至今保存着，它算是一段异域生活的开始吧。

晚上演出开场前，我们要在剧院的吧台旁待着，白天则要去甲板的游泳池帮忙。

我们是酒水销售，酒水销售的好坏很大部分取决于消费的人群。全世界都有人饮酒，但是文化各异，特别是美国和澳大利亚，酒精简直就是血液里流淌的必需品。他们静下来时，喝几杯，读一本小说，时间随酒精慢慢蒸发。而我们中国人，喝酒大部分就是社交。我们喝酒要干杯，他们喝酒就像是喝茶。

我在香港上船，然后在台湾跑了将近一个月，船上三分之一的游客是英国人，酒吧生意不算太差。世界第二大邮轮公司的标准服务流程堪称一流。接下来公司开辟中国市场（中国的邮轮消费市场巨大），船开始跑东亚航线，会停靠上海、日本的南九州、本州以及北海道和韩国的釜山、济州岛等。

"海洋神话号"上有七百多个员工，客人可以装三千多人。船从地中海开往中国，酒吧部门一开始有五六十个员工，船停留在亚洲后，酒吧生意日益惨淡，员工缩减一半多。刚开始还有些南美、欧洲和加勒比海国家的同事，船来到亚洲后，他们都陆续调去了别的船。

　　船上那么多同事，乍看长得还都有点像，于是记住他们的名字便是一个大难题。

　　没事的时候Jack总带我到处转，从这个酒吧转到那个酒吧。我和他们打招呼，傻笑，问他们名字，然后我拼命记住，员工制服上的胸口处都要佩戴工作牌，上面有国籍和名字。

　　就这样，开始胆小、怕生，慢慢就不胆小、不怕生了。

舌头作战计划

那时舌头和耳朵也开始了作战计划。

船上员工来自七十多个国家，全部都要说英语。也就甭管你舌头滑不滑，耳朵通不通，都要打起劲来说英语。虽然我大学学的是英语，但是突然面对几十种口音，我也被逼得说不出话来，而肢体语言随之丰富起来。

酒吧的副经理是个大块头，但是没有大智慧，被我们称为"熊"的家伙。一口"南非英语"，叫我做什么事，叽里呱啦咄咄逼人，每次都让我紧张不已。

好长一段时间一见到他，看到他似乎要张嘴，我的耳朵立马开启最高级应战状态，精神高度集中，等待他的狂轰滥炸。后来我发现，他说话铺垫太多，绕来绕去不见重点，其实砍掉多余话语，留下几个词组，完全足矣。"熊"每次都是说"帮我个忙先"，然后"噼里啪啦"雨点一般。我就盯着他的秃头看，任凭他口水绵绵，直到我明白其意，最后说"No Problem！"（没问题）完毕。

适应船上生活后，说得最多的英语是"No Problem！"不管你有没有问题。

Mess餐厅

我们吃饭的员工食堂，叫Mess。为什么叫Mess？我以为是堆放垃圾之地。船员天天必须去吃，那也的确是堆放垃圾的地方。垃圾多得每天你都可以闭着眼进去，舌头囫囵吞食一翻，然后闭着眼出来，舌头从来没有苏醒过。每天重复相同的食物，日复一日，无休无止。

Mess里的食物味道乏善可陈。虽说单调，但好歹是熟的。食物说不上丰富，可以分作两类：加了咖喱的食物和未加咖喱的食物。咖喱食物占据半壁江山，我原以为印度人会满心欢喜。其实不然。偶尔和印度同事一同进餐，我也会听到：这什么嘛，这什么破咖喱嘛，这谁吃嘛，这都咽得下吗？这是垃圾吗？诸如此类，抱怨不断。我想，中国人那么多，多少也做点中餐吧，不能用火炒，也可以用电，我们在寝室里用开水壶煮火锅不也像模像样吗？

我从不挑食，而且还吃得很多，算作怪物一个。在Mess，要么绝食饿得昏头黑脑，要么闭着眼睛大快朵颐，这就是船上生活无聊清单的第二项。

寝室里的开水壶因此显得弥足珍贵。每当有船员要休假回国，走之前总是会像交代遗产一样把它郑重托付给室友：好好保管，千万别被保安查了，回来我还要每天泡面呢。

生活简单至此。

经常不管吃得完吃不完,我都会打满满一盘,一顿狂嚼,最后总会剩下一些食物,只好倒掉。据说,船上每天的食物如果消化不完,便会做处理,最后排放进大海。所以,垃圾食物必须分类。骨头是骨头,可溶食物是可溶食物,水果皮是水果皮,生怕海里的小鱼囫囵乱吃而消化不良。你想,如果我们把全部食物都吃完,那跟随邮轮旅行的鱼岂不大失所望。

有一次船上广播有人意外摔倒并且昏迷,医生迅速出动。一打听,居然是同部门的一个女孩子,长得颇为乖巧。据说长期厌倦Mess,一天没有进食,蛋白质供应严重匮乏,大脑缺血,中枢暂时罢工,导致非间歇性大腿神经麻痹,最终昏倒在地,一片哗然。

关于Mess的事情,诸多抱怨可以填满亚得里亚海。这里我只想真诚地说:这三年,舌头君,对不住了。

皇家加勒比邮轮一般都有两个员工餐厅:管理职员餐厅和船员餐厅。有的船是两个餐厅连在一起,有的船(如"海洋水手号")的船员餐厅在二楼,管理职员餐厅在五楼。一般情况下,我觉得管理职员餐厅的菜做得要精致些，看起来像那么回事。

我想起一首歌，歌词只有四个短句，反复吟唱。
"你在天空飞翔，我在地面流浪，
看似两个地方，其实都是一样。"

台风来临

邮轮不同于陆地,漂来漂去,所以船每分每秒都在摇晃。

不过船身巨大,龙骨稳定,大部分时间都只是轻微地摇晃,就像微风吹拂。

在牙买加的时候,我买了个椰子壳做的乌龟,十美元,浑身斑纹,脑袋可以自由转动。我把它放在电视上面,它的脑袋便没日没夜地摇晃,十分可怜,万一患上颈椎炎,我可是罪魁祸首。这样不停地摇头晃脑,换作任何一只乌龟都受不了。下船后我把乌龟放在家里的桌上,它的脑袋便静止不动了,任你怎么呼叫,它岿然不动。

离开陆地,海便是船的床。大海一般都是和和乐乐的,但有时也会和你吵架,甚至冷战。

吵架便会发展成台风,我就遇到过几次。刚开始上船时走路总走不成直线,船摇得厉害的时候,甚至连"S线"也休想走成。一会儿晃到这儿,一会儿摇到那儿,虽身不由己,但也十分有趣。

路上与某人相遇,船一机灵,两条线上的人说不定便会撞到一起。台风来临前,船长早观测到,于是调整航线,尽力绕过台风范围。但是台风凶猛,如出闸洪水,哪怕只是擦身而过,也会吹得你东倒西歪。

有一次,"海洋神话号"(七万吨排量,属于公司比较小的邮轮)

从三亚开往香港，遇上正肆虐越南沿海的台风，俗称"大F凶兆一号"，整个船便像被狗咬了一样狂躁不已。那天我上晚班，正好在游泳池（船上的游泳池在顶层室外，十楼，越过栏杆便是深邃的大海）。整个泳池空空荡荡，所有人都逃到室内，唯有我待在那里，"独钓寒江雪"。

夜幕降临，狂风大作。我背靠吧台，抱住双臂，像观看世界末日一样静观眼前发生的一切。空寂的泳池，狂风肆虐，像狼群一样撕咬着暗黑的天空。

转瞬间，天空便飘起雨粒，随即暴雨"噼里啪啦"打在船的顶棚上。一股股暴雨像拼命似的杀进这一片天地混沌大战中。雷声响起，闪电划破黑暗，风雨厮杀的场面愈演愈烈，清晰地在我眼前放映。我感觉口渴，倒了杯啤酒，和着一把花生米，迅速倒进肚里。看表还有二十分钟下班，无事可做，我便回到吧台。风雨肆虐，完全没有消停的迹象，船也在颠簸里顽强地前进，似乎只想冲出这个重围。整个世界仿佛就剩下这条船了。

这时不知从哪里钻出一只麻雀，拳头那么大。

鸟孱弱的脑袋埋在湿淋淋的羽毛里，身体兀自还在颤抖。我找了个小纸盒，双手捧住它放了进去，用纸巾给鸟全身擦了一遍。鸟全身缩作一团，静静地躺在纸盒里，任我摆布，只有微弱的呼吸随着胸脯一起一伏。它一定是拼了老命才冲出风雨。就算是人，现在站在顶层也会被吹到海里去。

下班时我把纸盒带到寝室，去食堂带了米饭回来喂它。

晚上我又去其他酒吧工作。进入室内，因为船摇得太猛，走路都是左摇右摆，客人都像被吓坏了似的躲在房间里，好多娱乐活动临时取消。我十分惦记鸟儿，好几次借故上厕所溜回寝室看它是否还活着，鸟儿虽然一动不动，但呼吸尚存。

第二天，当船驶出台风范围，风平浪静的时候，鸟儿却死了。

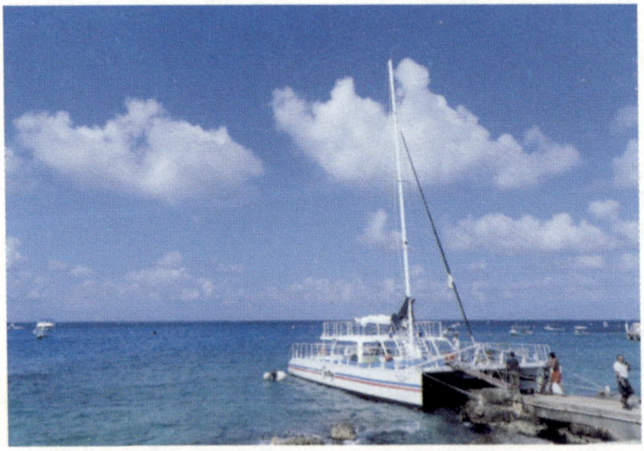

第二章　船上相遇

不管遇到什么事，她都抿嘴一笑，露出洁净的牙齿，眼睛深邃明亮。遇见她，所有愁苦烦闷似乎都烟消云散了。

Tiger

当船摇晃得厉害时,用托盘端酒便是一项技术活。上船前,我在拉萨待过三个月,旅费用完时,我在一家咖啡厅端过一个月的托盘。

上船后,我的托盘生涯重新开始。托盘并不重,但是如果上面摆满了酒,一只手端着,另一只手掌握平衡,着实不易。船在亚洲的时候,酒吧没有生意,便鲜有端满一托盘酒的机会,船长晚会例外。

每个航程都会组织一次船长晚会,所有人都得穿上正式晚装。

晚会上可以看到船长和首席高管,也有免费的香槟和鸡尾酒供应。香槟杯形似郁金香,稍有不慎,便会翻倒,而且像多米诺骨牌一样一杯倒则全部倒。一个大的托盘摆满了可放十五杯香槟,有菲律宾的同事把托盘摆满香槟,端在手上恍若无物如云中漫步。他手劲之大技术之娴熟,委实了得。

如果托盘摆满了香槟杯,每个杯子都倒满了香槟,那端着它走路,我的手臂时刻都会断掉。所以不管经理如何使眼色,我绝对不会端超过九杯的香槟。特别是当船摇得厉害时(经常遇到,海浪可不会照顾你的心情),手托满满的香槟,还要一杯杯递到客人桌前,面带笑容,着实不易。

我每次都打起精神,生怕一不小心托盘打翻。

有一次私人派对上,我端着托盘一不留神,满满两杯酒全部倒在一个英国老太太的晚礼服上,顿时老太太像装了弹簧一样跳起来,嘴里大呼:"What a mess, What a mess, What a mess you've done..."("糟糕透顶,真是糟糕透顶……")

她弹起来跳了一大圈。我也吓坏了,不停地说"对不起"。

领班迅速过来,向她郑重道歉,承诺免费帮她洗衣,这才稍微控制住老太太熊熊燃烧的怒火。所以每次端着托盘的时候,我总是小心翼翼,特别是香槟酒,要打起十二分精神来。

在加勒比海和澳大利亚,我左手端满一托盘的酒,忙的时候甚至可以小跑起来。换作任何勤快一点的人,有钱赚的时候,一个个跑得比兔子还快。总之,点的单越多越好,端的酒越重越好,跑一圈,恨不得拿十张房卡(船上都用房卡付费),挨个询问客人,一圈又一圈,点单、打单、做单、出单、签单,一气呵成。

好卖的酒就藏起来,卖完了就飞奔去其他酒吧找;和客人聊天可以忸怩作态,要是客人大方就笑靥如花。每个人都有自己的方法,有各自的生存之道。

每条船都有几只Tiger,换句话说,就是"拼命三郎"。

在Tiger的眼里，挣钱高于一切。

他们不仅勤奋，而且还颇有手段，熟练、精通各种取悦顾客的手段。他们懂得观察客人，明白客人心理，可以哄得客人开心；他们销售提成多，小费也拿到手软。

三年时间，我遇到好几个Tiger，个个凶猛异常，实在是高山仰止般的"战神"。

我在"海洋水手号"工作时有个菲律宾同事叫爱德华多。他便是一只凶猛的Tiger。

船跑加勒比海航线，酒吧生意相当不错，爱德华多每天忙得披头散发。我去泳池帮忙，常常看到他带十几张房卡回来，稀里哗啦打出的单子密密麻麻。

他嫌调酒师调酒的速度慢，便自己调，他出去时左手托盘上鸡尾酒、葡萄酒、啤酒摆得满满当当，右手还提一桶科罗娜（墨西哥啤酒），风风火火地出去，不一会儿又风风火火地回来。有时候一天他仅是小费就可以拿到一两百美元，提成又是两三百美元，实在让我惊叹。

我去食堂吃饭很少遇见爱德华多。他除了睡觉、喝酒，就是挣钱。

我有的时候状态也不错，跑得挺快，也特别勤奋。

国外的同事则直呼我"Tiger from China"！然后睁大眼睛张大嘴巴故作害怕地对我说："I am so scared, Tiger from China! Don't eat all, please! Leave something to me!"（"我很害怕，中国的拼命三郎！不要全吃了呀，给我留点儿！"）

我便回应："I am not a tiger! I am just sheep! Do you know? Sheep! I don't eat people, I eat grass! So we are still good friends, OK?"（"我不是拼命三郎！我只是一只羊！你知道吗？羊！我不吃人，我吃草！所以我们还是好朋友，好吗？"）

接着我捏着鼻子，"咩咩"地学两声羊叫，然后大家一起笑起来。

匹诺曹的鼻子

在加勒比海，当艳阳高照时，生意便很好。

欧美的客人十分钟情于晒太阳，他们把皮肤晒得又黑又亮。于是泳池边总是密密麻麻地躺满了身体，有一种过年晾腊肉的感觉。

女人无论老幼、身材好坏，通通穿比基尼，她们才不管那么多。

在海边，老太太也喜欢晒太阳，尽管走路颤颤巍巍，皮肤爬满了皱纹，比基尼却照穿不误。她们和年轻的小姑娘一样涂满防晒霜，戴着墨镜静静地躺在太阳下，或是什么也不干，或是望着天空某一点，或是拿着一本书慢悠悠地度过一个下午。

我还遇见过一个小老头，方正的脸庞红彤彤的，唯独鼻子却是黑黑的，显得滑稽可爱。

"你的鼻子为什么这么黑？"

"我喜欢晒太阳，每次抹防晒霜时都没有抹鼻子，我想鼻子那么小不至于被晒坏吧，没想到就晒成这样了。我自己照镜子，也觉得有趣，也就不去管它了，你不觉得很可爱吗？像那个什么动画片来着？"他抓了抓脑门，呵呵地笑个不停，黑鼻子好像越来越大了。

"我觉得你像匹诺曹，鼻子那么尖，只是匹诺曹的鼻子不黑。"

"啊，对，就是那个匹诺曹，我怎么想不起来了？我老婆也常这样说。"

"我第一眼看你就觉得你鼻子该好好洗洗了。"

"哈哈，洗不掉的，不过黑鼻子也很有趣嘛，让人一眼就认出是我。"老头第二次说他的鼻子有趣，真是个老顽童。

"要不要再喝点啤酒？买六送一，附送来自阿拉斯加最凉快的冰沙。"其实阿拉斯加冰沙纯属玩笑，就是普通冰块用机器打碎好把啤酒冰镇。

"够了，够了，再喝鼻子就要变大了。"

你看，老头很欣赏自己的鼻子，三句不离嘴边，拿自己的鼻子开玩笑的老头实属少见。我对老头的印象更加深刻，虽然他并不给我小费。

"奥巴马先生"

我在船上的第二个合同期，我的室友变成了印度人。乍一看，瘦瘦高高，酷似奥巴马，后来我就一直称呼他"奥巴马先生"，而我也自诩为"奥巴马先生"的私人助理兼抽屉屋发言人。

"奥巴马先生"长得极瘦，人很安静，在房间里总是寡言少语。

印度怎么那么干旱啊，不仅榨干了"奥巴马先生"身上所有的脂肪，还把他嘴里的话也榨干了。虽说如此，偶尔他还是会开金口，和我聊几句人生。听他断断续续地说，他家有好几个孩子，和大部分船员一样，妻子不用工作，在家照顾老人和小孩，他妻子每个月会去银行领他寄回去的钱。他也讲了他在其他船上的经历，在每条船上他都是忙得鸡飞狗跳，至少也是披头散发，不像现在这条船的生意这么惨淡。不过也好，年纪也大了，就当这个合同期是在度假了，好好地睡觉，好好地享受平静的生活吧。这也算是一种享受。

那时虽然不忙，酒吧没有顾客，但是我们每天还是要上八到十个小时的班。"奥巴马先生"偶尔喝酒，也和我喝过几次，每次都是沉默地碰杯，然后盯着电视；沉默地呼吸，然后各想心事。即使如此，那种气氛从来没有让我觉得压抑，相反十分的自然。"奥巴马先生"就是有这种化沉默为轻松的能力。不知他对客人介绍酒水时，是不是走上去一言不发，静静地望着客人，然后客人就自动付钱给他了呢？

我也从来没有看到过"奥巴马先生"和客人聊天，就算偶尔遇到大方的客人，他也是爱理不理，都不知道他以前是怎么做这个行当的。这种气场，一直是我佩服的。

"奥巴马先生"经常和印度朋友一起待着，而印度朋友们除了说他人很好，还说他话其实很多，也爱喝酒。但是，为什么他和我在一起就那么沉默呢？

画房子的调酒师

在船上生活久了便觉得枯燥。有时放纵必不可少,这取决于你自己。

在船上的酒吧,调酒师和服务员是两个不同的职位。他们的工作内容也不太一样。船上有那么多个酒吧,每个酒吧都需要调酒师和服务员,领班每半个月就调一次工作地点,这样一个合同期下来,我们便在全船的酒吧都工作过了。而所有的酒吧不可能人气一样旺,当然就有生意好的和生意差的,领班每次怎么排班,不用说,这里面就有一些讲究啦。

调酒师,只要他想赚钱,都希望分到生意好的酒吧,并且是前吧。前吧可以面对客人,才有小费可拿。当然调酒师也会分到后吧,后吧类似于厨房,服务员点什么酒,他就做什么酒。他们称这为"义务劳动"。

这时候,他们嘴里常常念叨:"义务劳动,什么都没有,什么都没有!"念叨是念叨,酒的味道可不敢马虎。后吧的调酒师竭尽所能为服务员调酒,服务员奔进奔出。

忙的时候后吧热闹非凡。

熟练的调酒师像学了六脉神剑一样把每一杯酒都调得妥妥当当。遇到这样的调酒师,服务员当然高兴了。在合作搭档最后一天,服务员都会给调酒师一些小费，以表尊重和感谢。

　　每条船都能遇见厉害的调酒师，他们就像磁铁一样能把客人牢牢吸住，以至于客人喝酒都只来找他。在航程最后一天，他们常常收到客人的一封信，信里多半就是小费。

　　有的人似乎天生就是做调酒师的，我遇见过几个。一个是毛里求斯人，精瘦不高，下巴有小撮胡子。他相当厉害，气场无限大，做事干净利落，和客人总能聊个天翻地覆，会很多戏法、很多谜语。五十多岁了，精力依然旺盛，总能保持以最好的状态迎接每一位客人。在这一行，你不得不佩服他的专业。

　　和这样的调酒师一起工作，经常是一件很有挑战的事情。客人没来，就各自发呆，相安无事；客人来了，那就绷紧神经，跟打仗似的。在不经意间，客人就被他吸引过去了。他不只会"六脉神剑"，还会"吸星大法"，武功已经练到了炉火纯青。正所谓江湖之大，高手如云，晚辈佩服之。

　　还有一个菲律宾调酒师，没事喜欢在白纸上画房子，是那种两层带花园的别墅。

　　我没事就会来看。他画的都是大房子，有很宽敞的院子，门也很高,还喜欢画一条很宽阔的走廊。他大肚子,总是笑呵呵的,这很适合他的画风。他告诉我他这次回去要盖个大房子,自己请人修。他说他有地,地是属于他的,他想怎么盖就怎么盖。他还说他家现在太小了,不够住,所以要盖一个很大的房子。我就问这得花多少钱啊,他眯了一下眼睛笑嘻嘻地说,好像很多,但没关系。

和他熟的朋友说,他在船上工作快二十年了,也肯定会继续工作的。但是他有好几栋房子、好几辆车子、好多的小孩,还有好多的佣人。我听着,睁大了眼睛,这简直不敢相信啊!

他在船上除了工作就是吃饭和睡觉,唯一的娱乐就是喝酒。二十年,全世界的港口他都去过了,港口的附近他都一清二楚。去得多了,他也就懒得出去了。

他把挣的钱全部寄回家,然后盖房子,等着休假时回去享受生活。

大多数的船员也都是这样的。他们在这个世界有两个家:陆地的和船上的。所以他们会把船上自己巴掌大的小屋布置得干净整洁而且温馨。在船上的家他们睡觉、聊天、喝酒、唱歌。而中国人就不这么认为了,即使做得再久,也始终不会认为那是个家,那只是临时的住处罢了。

房子这个话题谈得多了,我就觉得这个世界真的不一样。

每次我都是用脚在地上十分夸张地比画出一平方米的大小,揶揄地说,你在这条船上工作三个月,可以在上海买我脚画的这么大的一平方米,就这么大;你做一个合同期,也许连上海的一个厕所都买不到。亲爱的,那仅仅是公寓,不是别墅,不是两层的房子。

看到他们难以置信的表情,我感到很无趣,也很无奈。

微笑的相遇(上)

做服务业,最重要的一点,是微笑。

刚开始上船时我总是愁眉苦脸的。发愁怎么能回家,苦于无法找人倾诉。同事说我脸拉得比马路还长。我每天工作都是忧心忡忡的,自己也搞不懂为什么那么苦大仇深,好像十几年的仇恨一股脑儿纠结在了一起,但是我又找不出报仇的对象。那两个月,笑脸总是与我无缘,如果可以,我都想把自己抓出来打一顿。

但是不知为什么?我突然就开始笑了,而且笑得非常开心。

客人来了,我笑;和同事打招呼,我笑;老大训我,我还是笑。微笑、憨笑、傻笑,各种笑。反正,在船上,请尽管放开脸皮去笑就对了。

在我经常笑得很傻很天真的时候,我认识了一个印度女孩。她是保安部的,每次下船出去玩,我都会在安检处遇见她。我其实对谁都笑,可能对她笑得更多。而她笑的时候,比我多了两个酒窝。我笑的功力好像遇见了对手,她笑得比我还天真,真像重庆夏天的冰粉凉糕一样清凉沁心。

遇见的次数多了,我们便开始搭话。

"你来自哪里?来船上多久了?喜欢不喜欢?"

船上和谁刚认识时都问这些,我也没当回事。

后来有几次去健身房,她也在,穿着运动鞋在跑步。因为两台跑步机只有一台能用，我就先热身。她看到了我，对我一笑，我也回以笑容。

接着，我和她就熟稔起来，开始谈一些生活中的话题，并开始喜欢对方，再加上印度朋友的推波助澜，于是我们就交往了一阵子。

她的名字叫Jenny。

Jenny总是面带笑容，不管遇到什么事，她都会灿然一笑，露出洁净的牙齿，眼睛深邃明亮，那个时刻，她的笑容仿佛可以包围整个世界。

遇见她，我的所有愁苦烦闷似乎都烟消云散了。

那是我在船上的第二个合同期，在"海洋神话号"上，经常无所事事。一个人的时候，除了吃饭、睡觉，就是喝酒、看电影（或者一集一集地看《海贼王》），然后就是看书。一本小时候买的《三国演义》又被我带上船从头至尾看了一遍，金庸的《笑傲江湖》被我翻看了两遍。

当船停靠港口的时候，下船通道便会严阵以待，设置安检，所有客人和船员都要刷房卡上下船。虽说每个航程停靠的港口都基本相同，韩国、日本我已经下去了好几遍，但我还是乐此不疲。透风的日子里，我逢港必下。不工作的时候，遇到港口，一下船，一上船，我两次都遇到Jenny站在通道里。简单的照面，我们只是相对而笑，有时候，Jenny会问："China man, How is outside?"（"外面怎么样？"）

我便回答："That's nice, nothing to do, so I go outside, how about you, did you go out?"（"很好，没什么事，所以我去外面看看，你怎么样，去外面了吗？"）

"No, I can't."（"我没有去。"）

"Why?"（"为什么？"）

"Because I have to work."（"因为我在工作。"）

搞不懂，她明明是在抱怨，但还会露出牙齿，给我一个招牌式的牛奶般的笑容。

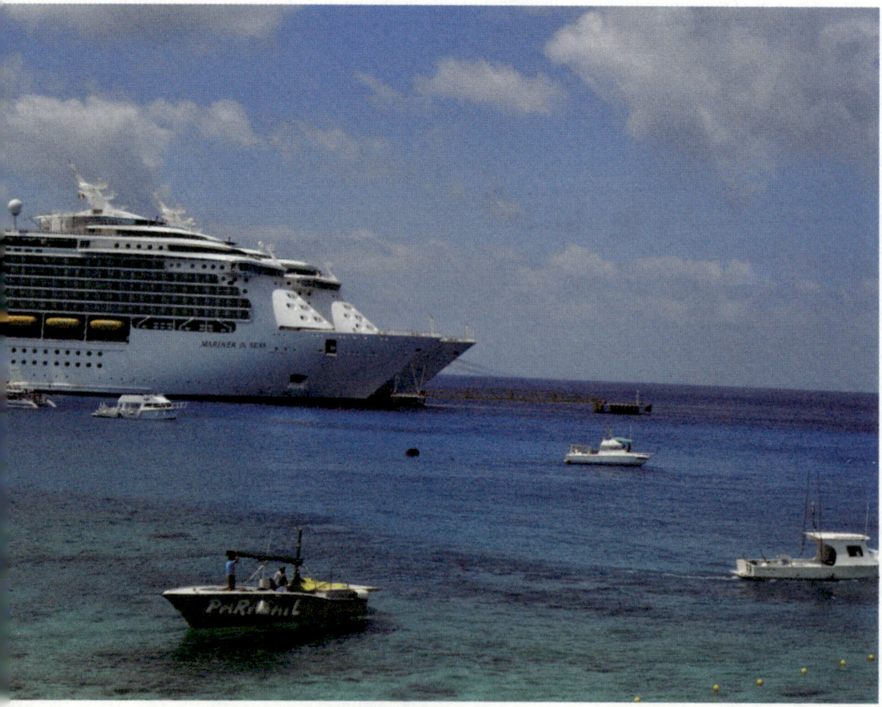

微笑的相遇(中)

我的同事里有很多印度人，我喜欢和他们聊天，每天站在那里无所事事的时候，我们就开始闲聊。

Jenny和所有同事，包括所有印度人，都关系要好，招牌式笑容无所不在。有时，其他的印度同事也加入我们的聊天，我问得多了（其实是好奇），他们便认为我喜欢她。我只是傻笑，不置可否。

我再次经过下船通道，去釜山的时候，Jenny站在那里，看到我，一如既往地对我傻笑。客人早早地下了船，安检处颇为安静。Jenny开始问我："What's your name? China man?"（"你叫什么名字？"）

"Xiaoyong, also you can call me Tim."（"小勇，你可以叫我Tim。"）

"I like Xiaoyong."（"我喜欢小勇。"）

"Why?"（"为什么？"）

"Because, It sounds nice, like Jenny."（"因为很好听，像Jenny一样。"）

说着她就指着她胸前的名牌给我看。我看清楚了，但并不是Jenny。她说，她的名字太复杂了，叫她Jenny就好了。

于是，每次经过，我就开始和其他人一样叫她Jenny，直到后来我也开始叫她Dear Jenny，Sweet Jenny以及Baby Jenny。

有一次，经过她的通道，她突然问我，怎样拼写我的名字。

我正在找笔，她就把手伸了过来。

我停顿了两秒，便抓住她的手，在上面一字一顿地拼写：X-I-A-O, Y-O-N-G。

我依然抓住她的手不放，把我的中文名一笔一画地写在上面，她也含笑不语。

我也把手伸过去，叫她拼写。她只是笑笑说，下次吧。

去健身房的时候，她在那里跑步。对着镜子，我们相视一笑。

跑完步，我心不在焉地随便锻炼了几下，我说我有点累了，去外面坐会儿吧。

健身房的外面是一片大海，轮船匀速前进，在海的中央留下一条蓝色的尾巴。

海风吹在身上，我问她："你喜欢中国吗？"

"我喜欢中国，我喜欢上海，还有香港，中国菜很好吃。"她不假思索地说。

我望着她的眼睛，说："我会做一点四川菜，四川，重庆，你知道吗？"

"你说了，我就知道了，我喜欢吃你们做的菜。"

"你会喜欢我做的菜吗？"

"……"

"我会做一些很辣的菜,我们那里都吃辣,和咖喱不太一样的。"

"真的吗?我喜欢吃辣。"

"那你一定要去重庆,那里的菜不仅辣,而且麻,吃得你嘴皮都跳。"

"什么?"

"很麻,我不知道怎么表达,反正,就是让你的舌头跳舞。"

"Ok,我也要喝酒,有冰镇的啤酒最好了。"

"我们那里在冬天还煮啤酒呢,加上一些中药,加上冰糖,喝了对女孩子很好。"

"啤酒怎么能煮呢?"

"当然可以了,只要你去我们那里——重庆。"

海风肆意,吹乱了我们的头发。

微笑的相遇(下)

在船上，保安的工作很辛苦。每天除了正常十小时的工作，还需要经常加班，如果遇到停港过夜，保安便要熬夜值班，因为整夜下船通道会一直开放。除了繁重的工作量，保安担负的责任也是非常巨大的。他们表面上似乎没什么工作内容（船停靠港口，客人下船时他们会守在通道，检查客人上船下船），但是在工作时间里要一直保持注意力高度集中，和每一位上下船的客人或者船员打招呼，确认他们都刷了房卡。奇怪的是，在工作期间，我很少看到他们抱怨或者表露出累的样子，总是能看到笑容，是真诚的笑容。Jenny的笑容属于最能打动人的那一种，无论是谁看到她，都能感受到一股暖意。

有一次我对Jenny说，我不想在酒吧工作了，我看到保安的招聘，我想去试试。

"千万别去，不好，真的，太累了。"她望着我，确认我是否认真。

"真的想去试一试，我想和你一起工作。"

她看着我说："还是不要做这个，太累了，而且，下不了船，你会闷死的。"

"酒吧的生意真的太差了，每天无所事事，不知道该干什么。"

"你每天可以来看我，陪我说说话，然后和我说晚安。"她的眼珠出奇的明亮。

我摸着她的头发，顺滑的感觉在心里紧紧扎根。

"你想我陪你一起工作吗？我可以不管它累不累。"

"每天都要加班的，真的，很累，你看我，每天都站十三个小时，下班后就只想睡觉。"

"我陪着你，你就不无聊了。"我自顾自地说。

"是你无聊了吧，我有很多朋友可以说话的。"

"不管怎样，我带你去玩，你请个假吧，我们去岸上玩。"

釜山的海港总是一片清新，天空看不到阴霾。我们下船后，搭乘旅行巴士前往市中心。大概半小时的时间，我们牵着手，望着车窗外逐渐多起来的房子和看不懂的韩文。

记得第一次到釜山时，船停靠港口，我便一个人下去，顺着海边一路往左步行。我经过了一个足球训练场，在边上呆呆地看着他们踢球，也不知道在想什么。我喜欢一个人的步行，特别是在陌生的地方。第一次上岸我都不知道要去哪里，我也不会特意去查攻略，不会去看地图，就是沿着附近一路乱走就对了。

高低起伏的街道，错落的房屋，偶尔有穿着制服的学生或者戴着鸭舌帽的穿连帽衫的年轻人经过身边。

不时地，我回头看看我的那条船，然后继续往前走。

我不知道在有限的时间里我能走多远，我只是喜欢试一试，能走多远，路上能看到些什么。路过喜欢的餐馆，我便会进去坐一坐，指着不懂的菜单，凭着图片和价格，叫一些莫名其妙的食物。味道往往是意料之外。

一个人坐在外国的餐馆里，看看电视里的外国语频道，以及周边交头接耳的食客，我感觉自己俨然就是一个孤独的美食家。这个时候我就想，有一个人来分享，那该多好啊！

我的思绪回到Jenny身边，我们在市中心附近下车。在前一站，釜山龙头寺公园，她拉着我下去，拍了好多照片。和其他女生一样，她非常喜欢拍照，但是她拍照的姿势只有一种：就是右手握着腰，左手放下边，身子往右扭，笑脸盈盈，这也是她的特殊之处。那天她穿着我为她买的新外套，浑身散发着光彩。

釜山市中心繁华得很，高楼大厦鳞次栉比，马路上清一色的现代汽车，铺天盖地都是韩文。我们经过鱼市场，她好像特别喜欢，连鱼摊边留着小卷发型的韩国阿姨也成了她的合影对象。

长得奇形怪状的海鱼摆在眼前，我像走进了鱼肉星球，周围全是鱼的味道。如果可以，真想来口大锅，煮上红油，把它们都丢进锅里，烫熟了蘸上麻油，一只一只地尝它的味道。想来想去无外乎是一种感觉，想把它们通通吃一遍。

说到吃，瞬间便饿了，于是我们去吃韩国自助烧烤。鱼市场的这个餐厅不知是谁最先发现的，每次去都是坐满了船员，简直可以算是船员食堂，叫作"船员舌头抚慰工作室"也未尝不可。

我特别喜欢那里的牛肉，越烤越香。Jenny给我烤了很多牛肉，这次储备的能量，够我徒步去阿拉斯加了。她却吃得很少，一个劲儿地给我添菜。由于时间有限，我们去世界市场随便逛了逛，我陪她看了看行李箱，因为她的箱子不够用，她的旅行纪念品实在是堆积如山。

我们意犹未尽地乘车回到了那条船上，那个我们叫作"移动城堡"的地方。晚上我去剧场工作，娱乐部的朋友说看到我和Jenny在釜山街头牵手穿过红绿灯。我笑而不语，她流露出一脸惊讶，说她真的没想到啊。其实我也没想到。

后来，我们还去了日本的长崎和别府，我依然记得她每次的笑容，像氢气球一样灿烂得能飞上天。

当剩下的三个月如柳枝般划过的时候，她便下船了，拖着三个比她大好几倍的大箱子。我在十一楼的泳池边默默地望着她被釜山的车子接走。

在那之后，我再也没有见过她。

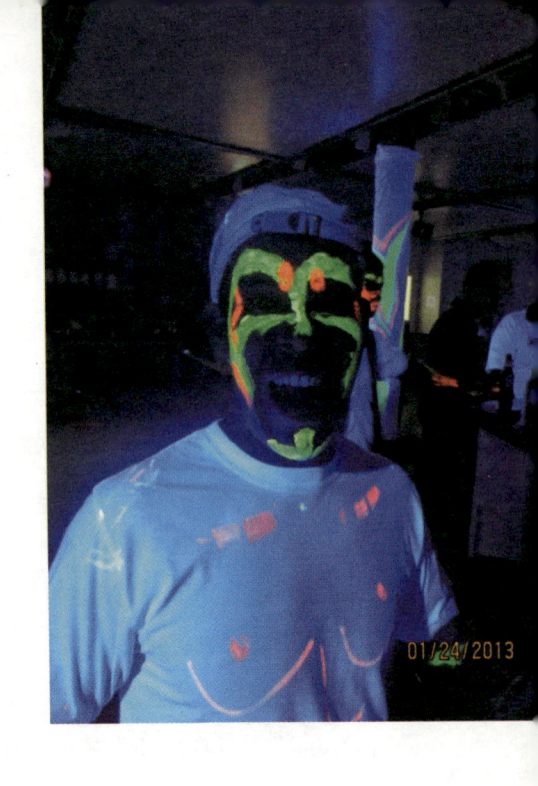

乱舞聚会

邮轮生活漂泊不定,所有的吃喝拉撒都要限制在一条船上。不管它有多大,时间长了,人便会觉得闷,就像潜水久了,十分迫切地想要冲出水面好好喘一口气。于是,每隔一段时间,船上便会组织一次聚会,有吃有喝,有唱有跳,尽可能放松一下自己。

不过需要注意的是,聚会的第二天,无论是谁,都必须清醒地爬起来准时上班,不然你可能马上就被解雇。所以在聚会时要尽兴,又要将清醒的头脑留给第二天,这便是一个矛盾。

你只有在尽量不喝到酩酊大醉的前提下尽情地享受你想享受的一切。

如果你不喜欢聚会、不喝酒、不跳舞，你也可以去吃点烧烤、喝点可乐，和朋友聊聊天，看看舞池里的光怪陆离，感叹一下人生，然后收拾收拾回房睡觉。聚会期间，在一个时间段，吃吃喝喝都是免费的，免费的喝完了，你也可以刷船员卡买醉，也很便宜。总之，聚会时只要你愿意，尽情享受就是了。

船的后庭都有员工酒吧。小船一般是在室内，可能就是一个羽毛球场那么大。大船就特别大，开放式的，晚上可以看到漫天的星星在墨水似的夜空里闪烁。如果有月亮，你仔细观察，会看到船的蓝色的尾巴拨开黑色的海水，白色的浪花像猕猴一样跳来跳去。你要知道，浪花都是海的精灵，永远保护着海上所有的生命。

我刚开始不熟，几乎不去酒吧，虽然自己卖酒，但从不沾酒。每晚下班，都是回到寝室睡觉。第一个合同期在"海洋神话号"，我几乎没去过船员酒吧。有点惭愧，我就像个苦行僧。

有一次印度人在独立日办了个印度主题聚会，我也去参加了。印度人疯狂得很，他们很多都把自己家乡的民族服饰带上船，就为了聚会时穿上它去跳印度舞。

那天，Jenny来得比较晚，打扮花了她不少时间。但是，她一现身，印度人便一阵骚动，惊叫声不断。我记得，她一袭蓝色旗袍，银色花纹，手上戴满了镯子，金色的耳环像两个小屋，额头点了"眼睛"，整个人在人群中闪闪发光。不停地有人上去和她拥抱。她抿着嘴，笑容在夜色里绽放。

刚开始还有些其他国家的人在舞池里，后来逐渐变成印度人的群舞。快乐的气氛感染到全场的每一个人，我也不知不觉深陷其中。独立日派对，基本全船的印度人都来了。

墙上悬挂着印度国旗，全场聚会酒水免费，喜力、科罗娜、银子弹、健力士、梅洛，还有朗姆，随便喝，随便醉。印度音乐仿佛震得船都摇晃了。喜欢跳舞的都跳得满头大汗，不喜欢跳舞的就端着酒杯站在一边和朋友闲聊，或者看他们跳舞，抑或一个人享受独饮时光。

船上相遇 / 49

"海明威先生"

突然又想起一个菲律宾同事,我和他共事并不是很久,我叫他"海明威先生"。

他长得很黑,右边额头有豌豆那么大的一颗痣,给人的感觉很凶,但是他说话却温柔动人。

那时我们都在"海洋神话号",我们一起搭档。轮流上班,换着休息。在那个时候,船上来的全是中国客人,我没记错的话,帆船酒吧是在赌场和剧院之间,没有墙壁,装潢考究,座椅舒服,吧台宽敞,是一个航海者风格的钢琴酒吧。

如果是在美国,晚上钢琴师慢悠悠地把气氛烘托起来,客人喝酒听音乐,越来越热闹,酒吧也越来越忙。但是在中国,这里一片萧条,每晚都在唱空城计。偶有客人驻足也只是抱着帆船拍张照。正是如此,我和菲律宾同事便无事可做。

穷极无聊时,我们便聊天。

我和他聊了很多话题,关于挣钱,关于未来,关于家庭。他喜欢谈论他的家庭、他的房子、他的妻子和小孩。在我的印象中,菲律宾人都喜欢谈家庭,因为生活就是这些,简单纯粹。他谈他的家庭谈得特别多。他似乎也很羡慕我单身,我不置可否。不知是当时觉得,还是后来想起,我感觉到他的眼里总是挂着点忧伤。他很有亲近感,也很有力量。他就像从海明威小说里走出来的一样。

后来我转到"海洋水手号",船跑欧洲和加勒比海。我遇到了在"海洋神话号"共事的朋友迈克,他也认识"海明威先生"。突然某天,迈克给我讲,"海明威先生"自杀了。真是难以置信。我的脑海中浮现出他的面容和他温柔的说话声。

迈克说他的妻子和别的男人跑了,带走了他所有的钱。

他真的是个好人。他回去后变得一无所有,于是便自杀了。

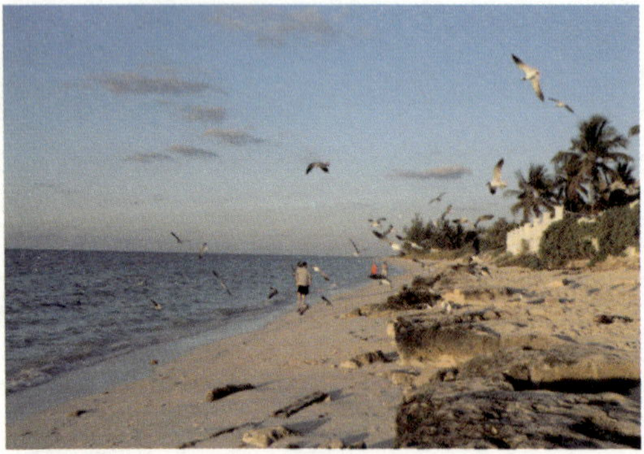

第三章 船内船外

世界一片静谧,街角的吉卜赛女人和小女孩坐在石级上,静静地拉着手风琴,眼前的破碗里依然躺着昨天的几枚硬币。

巴塞罗那

不管何时，有人问我全世界去过最棒的城市是哪儿？我都会毫不犹豫地回答：巴塞罗那。

我的人生中比较开心的一件事便是三十岁前可以去巴塞罗那。

在我的第三个合同期间，有四个月待在加勒比海，三个月待在地中海。

在那个合同期间，船一共停靠巴塞罗那六七次，而我成功下船四次。在地中海，那时"海洋水手号"的母港是意大利的奇维塔韦齐亚，船分两个航线，都是十二天左右。意大利以西去西班牙和法国，以东去土耳其和希腊。每半个月船会停靠巴塞罗那一次，早上六七点到，晚上五六点离开。下船的时间便显得弥足珍贵。

那时全船都是意大利的客人，一到港口，意大利客人全部下船观光。我们在有限的时间内也可以自由行动。

巴塞罗那的港口有免费的旅行巴士，拉你去十分钟车程的一条步行街，具体名字我已经不记得了。

街上充满了未知的欣喜感。

郁郁葱葱的法国梧桐在夏日里随风摇曳着，徐徐落下的叶子踩在脚下有清脆的沙沙声。石板路上，各种商店让人应接不暇，一家家的路边咖啡厅，依稀在各自地盘摆好椅子等着顾客光临，围着围裙的侍者站立一旁向你投以微笑；阳光很好，不时从树缝里洒落下来。

好几位街头艺人坐在路边，画架上摆满了奇怪的肖像画。我看到有位中国人，瘦瘦高高，一撮白胡子，戴着博士帽，正专心地用毛笔作画。不知哪位路人会将画买回家？

街上还有很多小鲜花店，三四平方米，摆满了盆景和鲜花。路的两边，蛋糕店、比萨店、印度料理、土耳其烤肉、日本料理、中国菜，穿插其间，还有各种纪念品店、衣服商店，应有尽有。

巴洛克式的古建筑显得慵懒而繁重，有人光着上身，站在阳台俯瞰街上的熙熙攘攘。阳台和墙壁上到处挂满了加泰罗尼亚和巴塞罗那俱乐部的旗子。街上的行为艺术——扮演雕塑的工作者此刻也陆续地融进了城市的风景，摆好造型，岿然不动，"静"不惊人死不休。

我整个人充满了对世界的爱，自由的感觉填满了胸膛。

我的菲律宾朋友因为曾经来过，便走得极快，而我却越走越慢，于是便落了单。西班牙的阳光真的很好，体贴地流到你的脖颈里，让你坐下来，来一杯桑格利亚，不想离开。

第一次去巴塞罗那，沿着步行街随意地溜达着，微风轻拂，阳光和煦，甚是美好。

西班牙的古建筑充满了历史的气息。在伊比利亚半岛，现在回忆起来，还让人无限向往。街边小店里有几张明信片吸引了我，我欣喜地买了下来。

有一张照片俯拍整个巴塞罗那古城，城市布局是一栋栋的四方形的房子像网一样非常有规则地排列开来，房子与房子之间就是错落的街道。街道总是古老的，各色人等穿梭其中，每天都演绎着生活的肥皂剧。

我花大把的时间来散步，在所有陌生的街道里不停地游走，观察路边的行人，看两边的商店，以及偶尔经过的天主教堂。这里不同于香港的密集狭窄，也不像意大利那样蜿蜒百转，更不像北海道那样一尘不染。

我本身是巴塞罗那的球迷，所以街上每遇到有身穿巴萨球衣的男人女人和小孩，我都感到无比亲切。有时候在广场遇到小孩子在踢球，穿着红蓝相间的球衣，我觉得我们是一家人。

经常遇到情侣在广场、在街角、在随便什么地方拥抱接吻。有些树荫下会有流浪汉，面前摆一顶帽子，要表演个什么绝活，或者干脆坐在

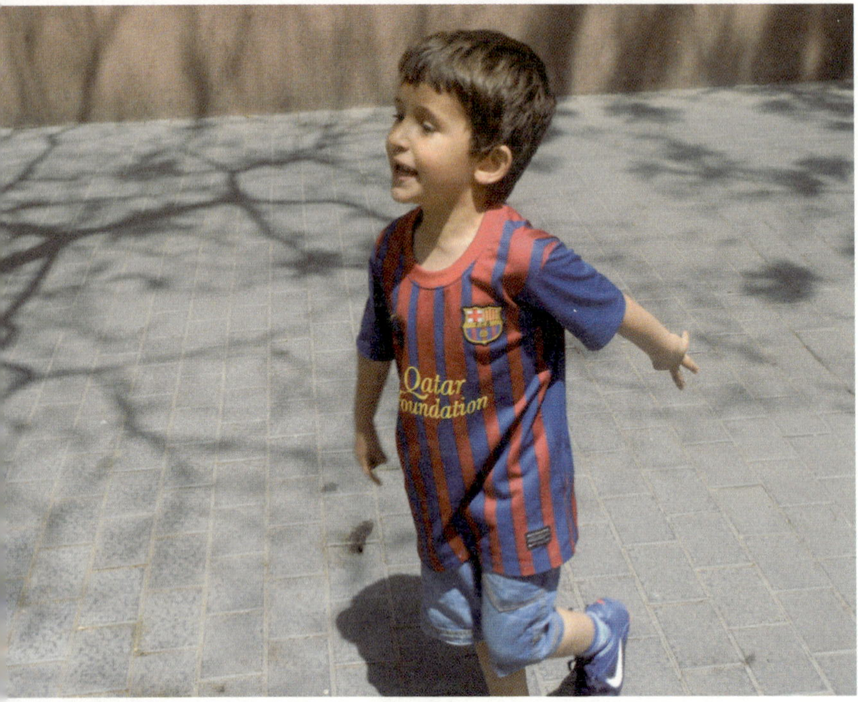
Qatar

地上乘凉，帽子里总是躺着几枚硬币。

我有一次沿着巴塞罗那中世纪的石板街道骑单车，路上的风景让我大饱眼福。那是船上销售给客人的一日游观光旅游线路，客人花七十美元便可以在导游的带领下骑车游览巴塞罗那古城，船员报名参加志愿者便是免费。

所谓志愿者，工作极其简单，大约就是骑在最后，注意客人不要落单，每到一个景点便帮助数一下人数。导游来自迈阿密，满脸大胡子，全身肌肉结实，尤其是小腿那部分。他讲话极富感染力，讲解时笑语不断。

有一次我过人行横道时速度稍慢，让前面的客人等了两分钟，导游颇为严肃地说了我，但其他时候他都和蔼得像圣诞老人。他带着我们骑行穿过市政广场，一路沿着中世纪的古老街道，经过了许多小巷。那时正值茂盛的夏季，依稀有落叶飘在风中，其中惬意，不胜言语。我们骑到巴塞罗那很古老的教堂、大学，顺着奥运会时修建的自行车专用道骑到海边，来看奥运会时举行帆船比赛的海滩。

巴塞罗那的自行车道在全世界都是首屈一指的，宽敞的对向双道，和汽车道完全隔开。绿色自行车也是随处可见，至于是多少钱租的，我已经忘了，应该也不太贵吧。

在邮轮停靠上海时,我去图书馆借了乔治·奥威尔的《巴黎伦敦落魄记》。并不是专门去找这本书来看的,只是随意翻到便拿起来看看,没想到写得相当好。

每个人都应该有段落魄的日子,不管长长短短,都会刻骨铭心,始终难忘。当时看这本书时我脑海里全是曾经的落魄样子,而现在看来,书中某些叙述和我在邮轮上工作时忙得披头散发的样子相似,如果你感兴趣,推荐找来看看。

第二次船停靠巴塞罗那时,一旦广播开闸,我便像一颗子弹,"嘭"一声便冲出了船舱。

这次我要去诺坎普,大名鼎鼎的诺坎普。我们穿过步行街,找到最近的地铁。我们试图从免费地图里找到信息,地铁线是看明白了,但是售票机却始终看不懂。打从踏上西班牙开始,便没看见任何的英文标识。

于是便出现了这样的人——"售票机天使"。

"天使"就站在机子旁边,穿花格子衬衫、褪色牛仔裤、旅游鞋,不折不扣的游客打扮。看到我们的疑惑,他上前搭讪,试图给我们讲解。他英语并不很熟练,不过热情洋溢,比画来比画去,动作语言生动无比。我们指着地图里的诺坎普,他比画了半天,我总算明白了。比画完了，票也买了，要进站时他主动说我们最好给他一欧元，他笑容可掬，英语水平如涨潮般陡然升起。我们给了他，说了声"谢谢"，然后离开了。

等我们回来时，又在这个地铁售票机旁遇到他，同样的花格子衬衫，同样的搭讪，同样的笑嘻嘻。他就像个"天使"，生活也从来不缺乐子。

四十分钟后，我们便来到了诺坎普。由于兴奋，心脏已经不自禁地乱跳。我喜欢巴塞罗那俱乐部已经喜欢得太久了，这一刻终于可以踏进诺坎普的神圣殿堂。诺坎普是欧洲最大的体育场，可以容纳十一万人。我想只有身为它的忠实球迷，才能发自内心地认同它的伟大。

诺坎普外观朴实，并不华丽，但是给人踏实稳重的感觉，它的内心释放着狂野，紧紧占据着你的心。参观门票是十三欧元。球场入口是官方商店。

进到里面，就是巴塞罗那足球俱乐部的历史博物馆。一百多年的历史里俱乐部的所有奖杯和荣誉都陈列其中，最为震撼的莫过于2008年至2009年的六冠纪录，史无前例。我和两个分量最重的奖杯来了个合影。参观的人络绎不绝，但并不显得拥挤，有摄影的工作人员可以为你来张与梅西、哈维、伊涅斯塔、比利亚或者其他球星的合影（收费十欧元，简单的电脑合成技术）。

　　印象深刻的是有一面墙壁那么大的屏幕，配着萤火虫般闪烁的灯光，用激情澎湃的音乐播放巴塞罗那历史上经典的震撼人心的画面，豪迈之情无以言表。

　　看完博物馆，便是曲折的过道通向球场。过道之间的新闻采访现场，有意大利游客煞有介事地装成记者的样子，让朋友拍照。然后是球员更衣室，我在梅西的椅子上坐了好久。最后通过黑色钢筋楼梯，一步一步往下走便是伟大的诺坎普。

　　我们在观众席登高远望，大饱眼福。我不忙于照相，而是找了个位子，坐了好久。

　　这一刻，你就要开动想象力了，你得使劲幻想全场坐满了十万人一起挥霍荷尔蒙激素是个什么样子。我想每次比赛完了，清洁工都要收拾足以装满几百辆卡车的"荷尔蒙碎片"，碎片之多，工作量之大，令人瞠目。我无法猜想"荷尔蒙清洁工"的心情。

　　在巴塞罗那，除了骑车之旅和诺坎普的参观，另外最值得一去的是高迪教堂。我们也是乘坐地铁。巴塞罗那的地铁月台贴满了油画般的海报，让你眼前一亮。出了地铁口，高迪教堂便赫然在目。一对情侣在教堂前，男孩懒散地坐在摩托车上，女孩捧着男孩的脸，看了又看，吻了又吻。

高迪教堂，无法用言语描述它的绚丽和迷幻。教堂的顶部依然有高架塔，建筑工人正按照高迪的遗愿一点一点地把教堂修饰到完美。这座教堂是高迪的孩子，而按他的设计，孩子永远不会长大，永远在童话世界里玩耍。哥特式的尖顶被不断修饰和雕刻，永远不停歇，直到所有人都说，算了，停下吧。但执拗的西班牙人显然不会同意，除非世界末日，他们绝不停止修葺。在我眼里，教堂的尖塔就像镂空的冰激凌棒，极尽精雕细琢，特立独行，看似脆弱，却是坚强。

天气如往日般晴好，阳光温暖和煦。你如果仔细观察正门的四座塔尖，你会惊奇地发现塔顶上都顶着个甜甜圈、白色的小球和粉红色的伞盖，奇思妙想不断使人张大了嘴巴不住地惊叹。

门票是十三欧元，我们排队进去，便进入了童话般的世界。

高高的柱子像是由泥土随意捏就，顶端繁复得犹如花丛。墙的一面，琉璃瓦的天窗绚丽而灿烂，阳光照耀过来，形成五颜六色的光柱把我们层层包围。身临其境，我感到安静祥和，内心的浮躁和杂念被一洗而空。

出了高迪教堂，坐在广场上，在阳光下、在几只鸽子的注视中，你会觉得，这一刻一切都显得那么美好。

除了巴塞罗那,欧洲其他的城市亦是光彩夺目。

我们的船从北美洲穿越大西洋,开往地中海时,我的心便开始因为长达一周的海上航行而无聊憋闷,整整一周都看不到陆地,放眼只是无边无尽的大海;还有一点则是每天都需要调时差,十多天下来,感觉黑白颠倒,生物钟紊乱,每夜都望着天花板失眠到天亮;整个夜里失眠、望大海、再失眠、再望大海,工作、吃饭、再工作、再吃饭,十多天的洲际航行把我的火气一点一点地耗尽,直到船终于航行到西属小岛——特内里费岛。

我强抑兴奋,和菲律宾朋友坐班车去市中心溜达。

从船上看这个城市,光秃秃的几座小山犹如被拔完毛的鸽子,远方是无尽的山脉,狭小的城市坐落在山谷之间,迎着海风,让我突然联想到拉萨河边的仙足岛。

我们去银行兑换了欧元,从这条街走到那条街,看路边的西班牙文,看书店里的足球杂志、超市里的水果蔬菜、西班牙啤酒,我们要找一家中餐馆。

美美地大吃一顿才是最有意义的事情。

中餐馆遍地开花,你在世界的任何地方都可以找到。华人的脚步早已抵达全世界。这家中餐馆的老板是浙江人,一家人来特内里费岛已经好多年了,餐馆经营得也还不错,尤其值得称道的是,师傅的手艺相当不赖。菲律宾朋友对此赞不绝口。

每次在一个港口吃中餐,填饱肚子,犒劳舌头后,我总是想,人生还是很美好的嘛。

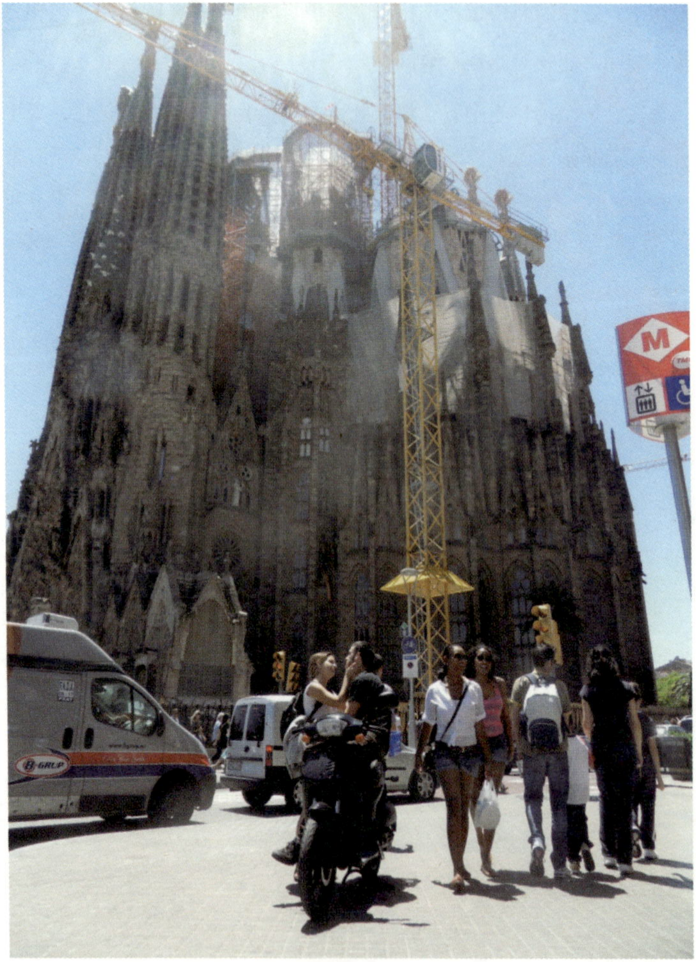
M
B-GRUP

意大利

离开巴塞罗那，船开往我们在地中海的母港——意大利的奇维塔韦齐亚。

要不是做海员，我想我一辈子也不会来到这些我压根没听说过的城市，不管怎么说，我觉得都是值得的。之所以以此为母港，因为它靠近罗马，当然只是地理意义上的靠近（如果乘火车，来回也需要四个小时）。这对我们来说，去罗马无疑是奢望。我便没有去成罗马。

意大利的城市画面又是另一段胶片。要用文字巨细无遗地形容，我实在无能为力。换句话说，意大利的色彩就像小说，阅读之前，没有真相。读书的时候我选的第二外语是意大利语，除了上课，中间很长一段时间还自学过。当然现在我已经忘得一干二净，除了还会说"你好"和"我爱你"。

关于意大利的电影实在太多了，《美好人生》或者《教父》，可以翻来覆去地看。意大利南部我去了那不勒斯、西西里的墨西拿。我和朋友沿着石板路，不时躲避呼啸而过的摩托车，看街道两旁各种杂货店和咖啡店。

在有限的时间里，我们拍照、躲避飞车、看路边行人、不停地走。这么古老的街道，就像中国的茶馆，你参加任何旅行社都不可能带你去的这种地方，是我最爱逛的地方。一路走过咖啡店和酒吧，我们先在一

家路口酒吧点了一瓶意大利啤酒,口感醇厚,十分爽口,看电视里转播的用意大利语解说的F1。接着,走到半山时,随意找了一家咖啡店,我们进去要了杯意式浓缩咖啡。

意大利人的生活缺不得这种咖啡,有事无事总会来一杯。他们一天的咖啡消耗量是我们的二十倍之多。他们国家还发明了非常多种利口酒,用各种食材药材和水果酿制,有些我非常喜欢。但就味道而言,它就是果酒。

在船上,有个长得像《碧海蓝天》男主角的意大利调酒师遇见我,喜欢叫我喝两杯，特别是和他一起共事彼此有了更多了解以后。他会很多意大利开胃鸡尾酒的调制。

我最喜欢的一款酒是一半金巴利，三分之一红酒西拉，四分之一苏打水，浇上香槟酒，最后切一片橘子拧烂丢进去。加上冰块，口感先是苦涩，然后舌头逐渐感到甜味，那甘甜自上而下，沁人心脾，至今想起来我都忍不住流口水。

很多人不喜欢金巴利，因为它很苦，而我非常喜欢，以至于后来每次工作第一件事总是给自己调一杯，藏于一边，慢慢品味，十分惬意。喝酒那么多，我觉得酒还是先苦后甜味道最好。比如啤酒里的健力士，很多人第一口觉得它是中药。当然威士忌我也爱，最爱的是爱尔兰的尊美醇，兑干姜水或者雪碧，好喝到心窝里。

从意大利聊到酒，就多说一点吧，毕竟我对这个还有点研究。

就我的其他喜爱，波本威士忌我喜欢杰克丹尼，加可乐是最完美的了。占边威士忌也不错，杰克丹尼的颜色更深一点。杰克丹尼应该算作田纳西波本，算作波本的异类，在世界上尤其受欢迎，我的菲律宾、印度朋友都是忠实的杰克丹尼迷。朗姆酒我喜欢船长，口感比较柔和，不会太过辛辣，这些都是流行的品种。

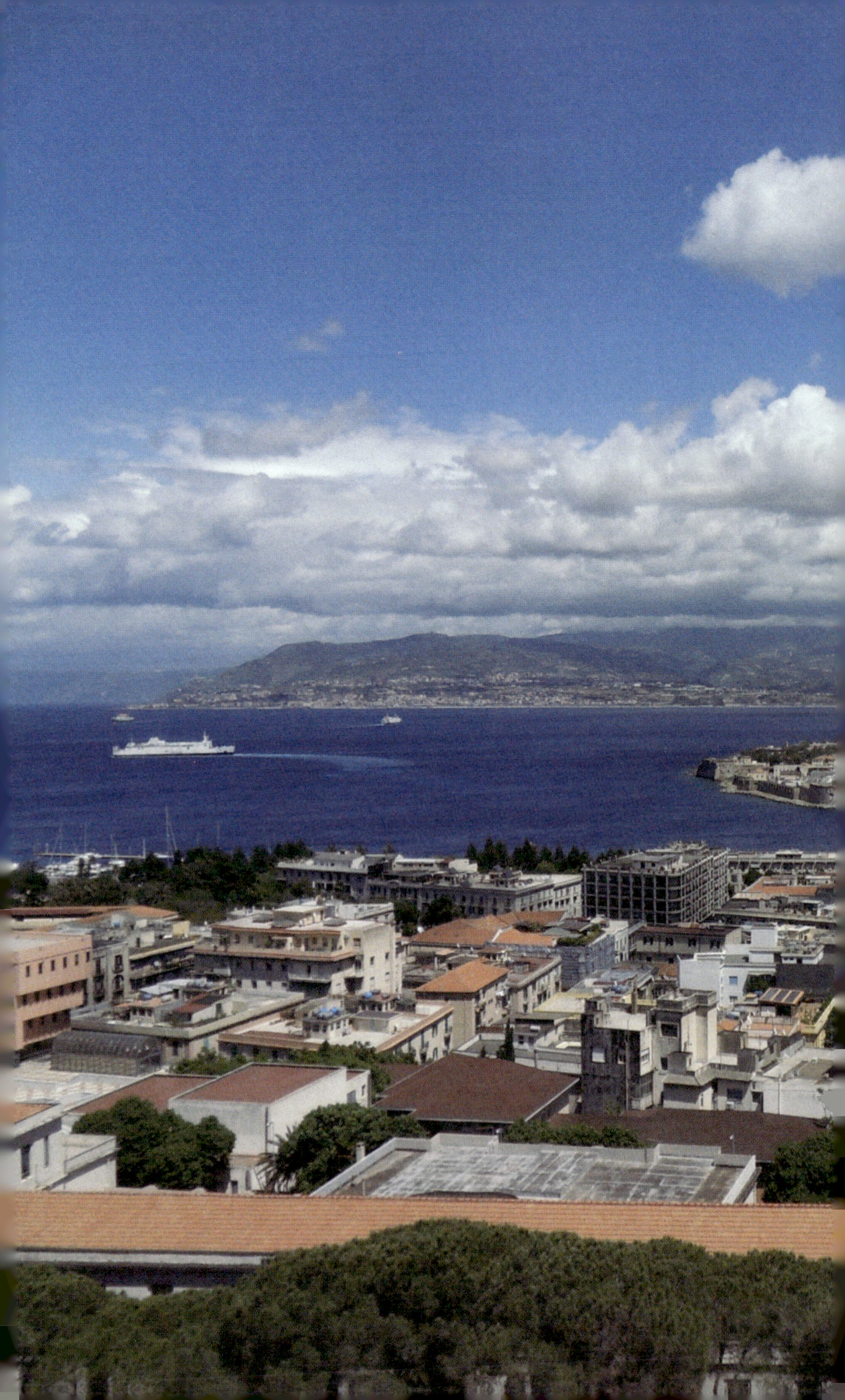

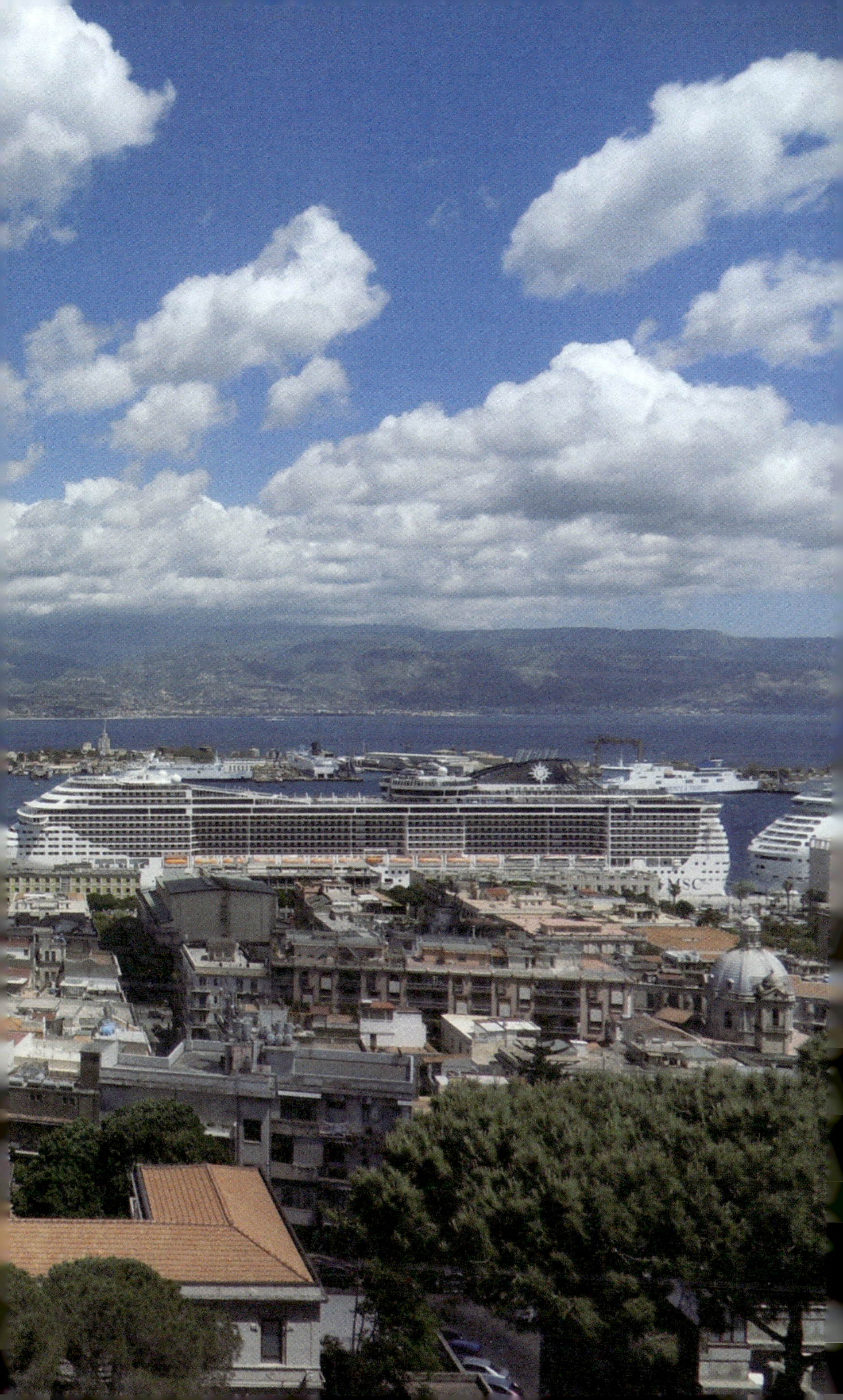
MSC

希腊和土耳其

船在地中海的航线以意大利为母港,向西会去巴塞罗那和法国,向东则去希腊和土耳其。

希腊,听这名字就觉得浪漫不已。当船风风火火地驶向希腊时,我的心剧烈地跳动了无数下。

船靠的第一个希腊港口叫哈尼亚,属于克里特岛。以前看世界史,克里特岛在世界古文明史中占据非常重要的位置,以至于作者把克里特岛文明单独列为一章,而欧洲的古老文明似乎也只有克里特岛的希腊文明和罗马文明可以摆上桌面。

第二个港口叫作罗德岛,离土耳其非常近。这个港口极其漂亮,可以用古老和庄重来形容。离港口不远的距离便是古希腊城,城墙厚实,白色的石砖已经被海风抚摸得光滑。

路边的渔船在海里一艘连着一艘,海水湛蓝,微风如絮,天空晴朗,整个罗德岛港口就像波斯猫的眼睛一样明亮。我们沿着海边,顺着城墙,一直走到古城里面。街边的店铺小贩并不像其他港口那么拥挤,它显得宁静、淡然。

土耳其地毯店也是非常值得逛,画案逼真,很多都是手工织就,因此价格不菲。走到古城的中心,市集广场上有个圆形喷泉,几只鸽子停在石雕一角。明信片也多以此古城作为标志。往古城深处走,我们在一个公园稍事休憩，公园里有秋千，当然还有一条石板道，两边规则地铺着石板，中间是密密的石子路，不时有夫妇推着婴儿车静静地走过。

世界一片静谧，街角的吉卜赛女人和小女孩坐在石级上，静静地拉着手风琴，眼前的破碗里依然躺着昨天的几枚硬币。

登上城墙，看到对面橘色和红色的石头房子，我们沿着古希腊的城墙一路走到生命的另一端。

穿过希腊的回忆，我们的船来到雅典。

我们乘地铁去巴特农神庙。在港口要了免费旅行地图，后来发现其实不用，因为和我们同行的阿根廷小伙对雅典颇为熟悉。他高高瘦瘦，鼻子坚挺，黑色头发常常滑下来遮住褐色的眼睛，总是穿白衬衫、黑西裤、黑色尖头皮鞋。他才上船不到一个月，不知怎么就和我熟悉起来，还有两个很憨厚的秘鲁人，我们经常一起出去玩。

雅典的地铁门口有只白色的牧羊犬，让我想起在尼泊尔遇到的狗，去的时候是一个睡姿，回来的时候还是那个睡姿。我们买了票，四欧元可以坐来回。

一路风景怡然，一排排的房子温暖得像果糖。只要是墙，一律布满

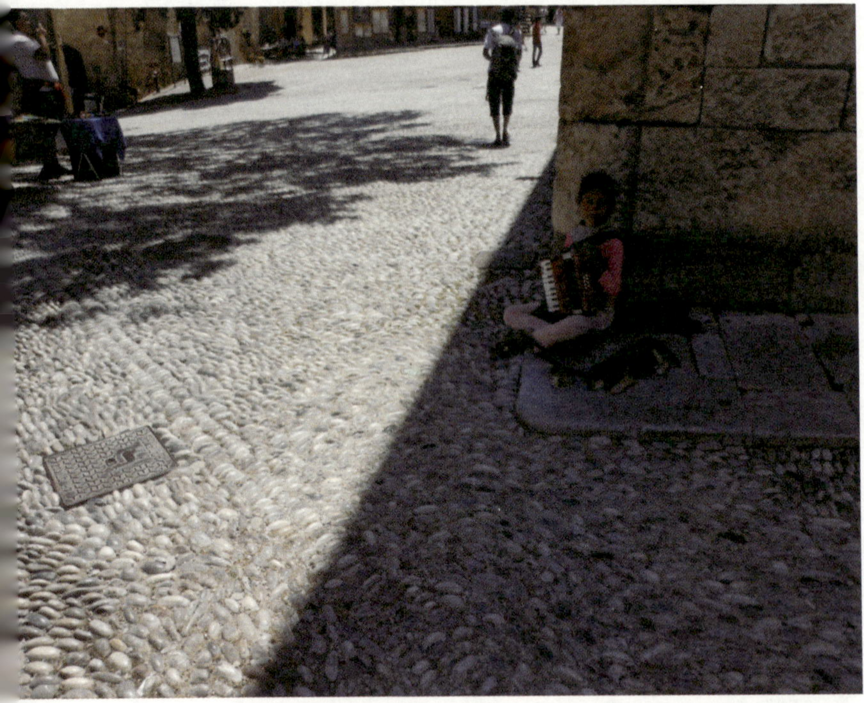

了涂鸦。电车沿途经过了奥运村,我们打算下次去逛。到皮亚雷斯是四十分钟后。天气晴朗,我们往人群里走。我们在巴特农广场溜达,在一块大石头上可以仰望神庙,犹如宙斯般的高大和雄伟,亦可俯瞰整个雅典城邦。城市的规划整齐如一,一栋栋的小房子紧挨着,没有高楼大厦,多是富有地中海特色的教堂和公园。回去的时候我们掐着时间,一路狂奔,总算没有迟到。

第二次去雅典,我们去了奥林匹克公园。

抱着一定要去看看火炬在哪里燃烧的想法,我兴冲冲地去了,结果令人惊讶:这里曾经举办过奥运会!难道那年夏季这里真的全部挤满了新奇的观众?我去的时候,整个奥运会广场一片荒凉,像秋风横扫过的麦地。角落处、碎纸、纸杯和啤酒瓶随处可见。偌大的广场除了已经生锈褪色的铁架,没有一个人。没有便利店,没有植物,一片狼藉。

奥运火炬其实还没有我们学校的红砖楼高。我的脑海里拼命地回想我在电视机前看到的画面,当时因为我高中毕业,从没出过远门,看奥运会这种运动直播便总是全神贯注、兴奋莫名,从来没想过有一天真的会去电视机里的那个世界看看。

我们在地铁站拍了一张合影,就在按下的那一瞬间,一个调皮的希腊黑胡子男人跳进镜头,留下了一个黑胡子笑脸和"剪刀手"。

船内船外 / 75

孤独的钢琴手

　　从海洋回到陆地，换掉腮，开始用肺呼吸，整个世界一下子变得雾霭沉沉。没有咸咸的海风，没有湿软的沙滩，没有五花八门的世界，没有日复一日的期盼，我总是会想，要不要重新变回一条鱼，扔掉肺，装上腮，回到熟悉的曾经厌恶而现在又非常想念的那种生活。

　　尼泊尔朋友问我："你在大城市的生活是什么样的？"我能说什么呢？"很枯燥。"在船上时总是被客人问："船上的生活怎么样？"我又能说什么呢？"生活很多彩，很美好。"相同的问题，相同的故事，相同的答案以及笑容，重复了一遍又一遍。

　　第三个合同期间，我在"海洋水手号"上，船跑欧洲的时候，来了一个新的钢琴手。我和一个罗马尼亚女孩以及菲律宾调酒师一起合作。那个时候，船上有好多罗马尼亚人。我和他们总能聊上几句，关于足球，关于女孩，关于挣了钱以后怎么花。罗马尼亚女孩一直是我第三任菲律宾室友觊觎已久的对象，一直想请她喝酒约会而苦于没有结果。她对我说，在家里有两个孩子（没记错的话，都是男孩），丈夫在国内酒店做经理。男人出来晃荡挣钱，寄钱回家的我见得多了，但女人孤零零出海挣钱养家的着实少见，所以我总是把她当作杜拉斯所写的那个情人。另外新来的钢琴手也是罗马尼亚人。每晚，钢琴手都是提前五分钟来，要一杯温水，手搭在吧台上坐两分钟，眼神缥缈，想讲话又不讲的样子。头发一股脑儿往后梳,西装笔挺,皮鞋漆黑发亮。刚开始他的手放在键盘上总是轻悠悠地弹起,然后随意地变换节奏,就如一盆黄豆胡乱泼到湿淋淋的地上。

虽然有时很忙,但工作的间隙,那乱糟糟的钢琴声总是无意识地钻进我的耳朵。不是什么贝多芬、巴赫、舒伯特、莫扎特,也不是什么哼得上口的流行乐曲,更不是时下流行的爵士小调。我完全摸不着头脑,客人也是云里雾里。连只顾着点单挣钱无暇顾及其他的罗马尼亚女孩也开始抱怨起来。我多次竖起耳朵认真地去听他在弹什么,但总是徒劳。

我要求所有的音乐细胞来支援,也无法明白那是什么乐曲。一首曲子从头至尾,不曾有断,一个片段紧接着另一个片段,衔接处莫名其妙,不知所云的现代派乐曲。

大约过了一个星期,我的耳朵开始适应,酒吧的客人却越来越少。

有一次休息的间隙,没有一个客人留下,都逃去旁边的剧院看戏了。钢琴手靠着吧台,望着我们,他和罗马尼亚女孩已经说过很多话,我却没想要和他聊什么。菲律宾的调酒师John也在。不知怎么,我加入了他们的谈话。我们开始聊船上的生活,聊这个厌倦了的社会,聊着聊着,一贯文雅气派的钢琴手声调骤然提高,开始诉说他的故事、他的理想,实在不吐不快。这种时候,我总是一个忠实的聆听者。

我们默默地望着他逐渐涨红的脸庞。他滔滔不绝，胸中话语如奔腾野马。原话我无法复制下来，大意是这样的：我家有我和另外一个兄弟，父亲去世得早，只有母亲尚在，非常辛苦。我从小学习音乐，我以前弹古典音乐，后来为了生活弹流行音乐。我的室友是一个菲律宾人，啊，不好意思（他对着John说），不是指你，是我的室友，另外一个菲律宾吉他手。他都六十多岁，马上要七十的人了。他还在船上这样耗着。他每天准时起床，准时去吃饭、工作，准时休息，准时回来睡觉。他总是那么安静，我没法和他说一句话，一句话都没法和他说。你知道吗？哪怕就是聊聊人生之类的也和他说不上。他每天都是一个样子。去工作，弹古典，一曲完了故作享受，等待寥寥的掌声，接着慢悠悠地弹下一曲，没完没了。他是一个菲律宾人，哦，对不起，不是指你，是我的室友。他总是那么安静，一辈子都像要老死在船上。他不喝酒，不上陆地，整日回来就是睡觉。你知道吗？我不想这样死在船上。我已经想好了。我只在船上待三年，最多五年。我可以存钱，我的所有钱都存下来……

　　絮絮叨叨，滔滔不绝，直到他又坐回钢琴后面弹起他那首没有结尾的后现代的不知所云的乐曲。

Small Mark

第三个合同期间,船先去加勒比海,再回到欧洲。

船这么穿来穿去,为的是一年三百六十五天都在夏天里航行。我的邮轮生涯便没有冬天。这个合同期,船方安排我在休斯敦登船。

一个人飞越一个地球,来到了休斯敦。

到了机场,满目的陌生人,一拨人出现,一拨人消失。我坐了半天也没有人来接我。于是我找到免费电话,打到公司所订的酒店,半个小时后,一个黑人把我接到了酒店。

酒店在高速公路旁,好不偏僻。夜晚夕阳要落下时,我一个人在平坦的麦秸地散步,脚步深深地接上了美国的地气。

第二天早上公司的大巴准时到酒店,我和朋友一起上车。清晨的阳光照亮了整个大地,路过的休斯敦已被抛在脑后,路边的房子和农场还在熟睡。我就要钻进另一只庞大的"鲸鱼"肚子里,周而复始地工作、吃饭、睡觉,而激动的心情竟然无法抑制。生活崭新而充实总是让人充满期待!

和第一次上船时一样,例行公事,所不同的是"鲸鱼"已经肥大了一圈。可以这么说,从船首跑到船尾,随便抓个牙买加的"飞毛腿"来也要用上二十一秒半。"鲸鱼"大肚暂且不说,更恼火的是,"鲸鱼"

肚子里的所有人，都是外国人。那个时候，全船两千一百多个员工，全部来自七十多个国家，中国人却只有十三个。

每次上一条新船，开头都是劈头盖脸的一大堆培训。我的脑子本来就愚钝，突然又是一阵摧残，除了更加不好使，我开始变得异常地想家。一个人的时候，我想家可以想得异常逼真，好像我第二天就可以回家。我可以躺在不会摇来晃去的床上大睡，可以吃火锅，还有姐姐做的卤味，实在太想吃了！可以不用工作、不用讲英语、不用搭理所有的外国人。我一直认为我的适应能力很强，但是到了那个环境里，我每天五分之四的时间都要用来调节心情，拼命压抑想逃的冲动。

跑船这活真是歹毒，你想逃，能逃到哪里去呢？大洋彼岸，茫茫大海，自己就是一座孤岛。

上船第二天我在自动售货机买了一张电话卡。十美金，国内可打一小时。终于熬到下班，夜深人静，我给家里人拨去电话，没人接听。然后我翻看通讯录，打给朋友，到第三个电话号码时，终于有人接听。于是，一个小时便像一阵烟一样从孤独的世界里排遣出去。

当我迅速适应新环境后，一切都变得简单起来。

确切来说，过于简单了。在新船上，我碰到两个以前的同事，

Mark和June。至今每写到一个人，脑海里浮现出和他们相处的日子，都像是抽了一支好长的烟，而我从来都是在抽二手烟。

第一次认识Mark是在上一条船。他也是菲律宾人。

那时生意很冷清。偶尔，从世界各地会过来几群游客。只要是欧美的游客，是白皮肤，是大块头，我们的经理就会很自然地给他们贴上"酒鬼"的标签。

我们经理把全人类分成三种人：喝酒的人和不喝酒的人，还有就是以前不喝酒但是现在可能会喝酒的人。即使有客人来酒吧消费，也真正卖不了多少。大部分时候，我们得过且过，卖酒也好，不卖酒也罢，我们都只能拿一个基本保障工资。有一个月船跑新加坡，由于旅行社特别安排，那个月积攒的客人，澳大利亚人居多。酒吧经理就像生了蛋的母鸡一样每次早会都要"咯咯咯咯"，话语无外乎翻来覆去地说这个月要怎样怎样。要怎样？难道要我们往所有客人的肚皮里一股脑儿全部灌满威士忌和喜力？

经理到底是兴奋还是紧张，我不得而知。老实说，一窝蜂来这么多客人，我委实有点心慌，就像要去参加一场听不懂的音乐会。Mark这时候也铆足了劲。他眉宇间那股望眼欲穿的心思我早已看透。

那时候，我们船还有一个Mark，来自尼加拉瓜，黑人，做酒吧后勤，没事喜欢和我聊历史。

真是乌鸦和狗讲话。我为了锻炼口语，每次和他聊天，我都要翻出电子词典。一次一次查出单词，递给他看，然后他说一声"OK"，又叽里呱啦讲一大堆，我总是如堕云雾。有时候我想表达的无外乎就是中国五千年文化博大精深，历史古迹俯拾即是，中国的女孩子漂亮贤惠但是往往外表矜持内心隐藏着狂野。这个话题总是百说不厌。

后来我明白，他想表达的意思大概是他有好几个兄弟，他的爷爷、他的爸爸和他的兄弟，以及他，全都是花花公子；他们那儿的女人都喜欢腰板结实、孔武有力的男人，我这种瘦削单薄的身材可能不太受欢迎。他就是来自尼加拉瓜的Big Mark，现在已经换到世界上最大的一条船做酒吧服务员，每个月的腰包都可以赚得满满当当，他在他们家，肯定又是个万人迷了。

另外那个Mark，我便叫他Small Mark。

和所有的Tiger一样，Small Mark不是没见过钱，是他天生养成对金钱的欲望。我虽然也没见过多少钱，但是我不争。于是，一个争，一个不争，你来我往。我和他工作就像拔河。他不停地奔走上下，挣钱接单；我停留原地，得过且过。突然，我觉得受辱了，于是，我和Small Mark便吵了起来。那时，我和另外一个中国同事做帆船自助餐厅，想安安静静地，而Small Mark却总是不闲着，一天数不清多少次在我眼前晃来晃去。晃得多了，我便烦了。一次，他和以往一样笑容满面，准备端杯鸡尾酒进我的场子抢我的生意。我突然就怒了。

我说："你过来。"他走过来，看到我，一脸愕然，笑容开始凝结。

我说："这是我的场子，我虽然不想赚钱，这儿也赚不到钱，但你别老过来晃，你给我下去。"

他说："此话怎讲？"

我说："没什么讲的。"

他问："为什么？"

我说："没有为什么。"

他说："你去跟经理讲。"

我便骂了他。

铿锵有声，字字回音。旁边的同事也傻眼了。

虽然在我心里想骂他已经想了很长时间，但是突然说出来，我还是后悔了。

有五秒钟的冷场，Small Mark脸如冰冻，适才的笑容凝结了。

愣了半分钟，我说："你去投诉我吧，我承认我骂了你。"

他没有作声，脸绷得仿佛可以在上面刻字。

同事开始打圆场，说我是无心的，Mark你别想太多，大家都是好朋友。

我说："你要告，告去吧，我也可以向你说对不起，你如果要告，我也承认。"

大不了，明天我卷铺盖回家，咱俩有缘再见。

Small Mark没有多说什么，端着那杯已经化掉的椰林飘香回去了。

后来我和Small Mark真的成了好朋友。有时我和June一起喝酒，无聊时经常在员工酒吧碰到他，他每天都会去买醉。我有时便会和他喝两杯。他喜欢杰克丹尼，似乎永远不变，我喜欢孟买、尊美醇、船长，等等。吹着海风，没事时，我们总会聊上几句。钱是永远挣不完的，有时候，过好今天就好了，今天想喝酒，就一定要喝。他总是这么说。我和他碰一下，告诉他，我非常赞同。

我们都是好朋友，都是流浪的海员，至少现在我们就是。

后来，他拿到了新合同，去全世界最大的一条船，大小Mark将齐聚一堂。这对他和他的家人都是一个非常好的消息。再后来，离他合同结束还有半个月，他被公司开除了。

船员都是潜力股，但是遇到突发事故，总是会跌得很惨。

我听朋友说，那是他生日，他邀了一大群朋友，通宵喝酒，喝到烂醉。我那天也在，也和他碰了一杯，说"祝你生日快乐"。那一晚快快乐乐，每人都很开心。第二天，他该上早班。经理打他电话，他醉得不省人事。电话没人接听，于是经理拨了一个特别的电话。五分钟后，保安就带着万能钥匙打开了他的房间。可怜，他还在烂睡。生日那晚他一定喝了一个泳池的杰克丹尼。

然后Small Mark就从我的世界里消失了，永远地消失了。
我至今还没对他说对不起！祝一切都好，Mark先生。

在我眼中，Mark与其说是一个酒鬼，倒不如说是一个天才般的喜剧演员。

我们酒吧部门四五十人，每个人都有滑稽的一面，而那往往是他身上最真实的一面。和在陆地相比，船上地域狭小，船员之间朝夕相处，没有隐藏的余地，自然而然地可以清楚地看到他们很真实的一面。除了丁点的利益关系，人与人之间的交往基本上坦诚相见。这么说，喜欢就一起玩，不喜欢便不一起玩，各做各事，不用谄媚谁，不用利用谁，更不用陷害谁。不用看《甄嬛传》，不用研究《厚黑学》，也不用熟读卡耐基。当然如果有人非要打破寂寞，耍点小动作，弄点小伎俩，这样的事不是没有。不过，你知道，随便你去弄好了，我该睡觉睡觉，该喝酒喝酒，与我何干。当生活都那么简单无聊时，Small Mark便做起了"业余杀手"。他专杀无聊时光，他善于模仿，惟妙惟肖。每次开早会，当大家都昏昏欲睡，经理有气无力故作深沉地敲打桌面的时候，他总能见缝插针地抛出几句冷冷的笑话，像一颗石子，打破沉默的海面。大家看看他，扑哧一笑；我看到经理古板的面孔上也有一丝笑的涟漪划过，看来他也需要一点幽默感来平衡无聊的日子。

我们的副经理，那个被唤作大熊的家伙，口头禅是"帮我一个忙"，南非口音，混沌得听不清楚（那阵子，可难为了我的耳朵）。Small Mark喜欢模仿大熊，经常表演给我们看，并以此为乐。

大熊，大头大手大肚皮，怎么看都像是头脑简单的锯木工人，但是他偏偏很小气，喜欢有人拍他的马屁。拍马屁，我一直没学会。大熊也就一直不怎么喜欢我。

不知是否因为同样原因，我们都不喜欢大熊。于是Small Mark更加认真地模仿大熊，动作、声调、眼神，夸张之极。我也认为，Small Mark脸上无数表情的细微变化连雕刻大师米开朗基罗也无法捕捉。

搞怪三人组，Small Mark第一，无人质疑。

船内船外 / 87

美味的乡愁

不知经过前世如何的轮回,我莫名其妙地跟着船到了加勒比海。

读书时,我喜欢地理,特别是人文地理,正所谓身未动,心已往,但是打破我脑袋也万万没有想到的是我居然去了加勒比海。

一直等船开到墨西哥,停靠科祖梅尔港,灼热的阳光晒到皮肤上,满眼的沙滩和无边无际湛蓝的天空,我才缓过神来:这就是加勒比海。我的心都快要被晒爆了。

第一次下船,我独自一人。我制服也没换,长衣长裤,沿着纪念品商场走到海边的大路上。我数过去第二家餐馆,找了个靠窗的位置,海风习习,西班牙语吵吵闹闹,我点了份墨西哥玉米卷加沙拉,特别嘱咐加墨西哥辣椒酱。

窗外的沙滩上错落有致地"摆放"着一具具白花花的身体,不时还会动一两下。有人在打沙滩排球,一个球打过去,另外一个人要接好久。更远处,好几条小艇周围浮着一个个脑袋,飘来飘去,总是舍不得游过来。墨西哥菜端上来还透着一股子热气,玉米卷涂满了绿色的酱,几块薯片勉强撑着门面。还好,啤酒冰镇到家,瓶口有片青柠。墨西哥玉米卷加了墨西哥辣椒酱,还是索然无味。

坐在海边餐馆里,抿着啤酒,吹着海风,望着女主人发呆,即使只有短短的一两个小时，我也觉得生活依然值得期待。

这个时候我便特别想念重庆的美食：小面、火锅，以及姐姐做的卤菜。

回到重庆，我搬了新家，和家人住得很近，离美食只有"一厘米"的距离，每天的肚子都舒舒服服的。偶尔自己做菜，味道也不会太差。家里的味道普遍带着麻辣，花椒和海椒，像一对好情侣，如胶似漆，发誓永远在一起。花椒是四川汉源产，海椒是重庆朝天椒，抓起一把凑到鼻子边，能闻到一股香气。

夏天，每次晚上出去寻食，或者散步，路过大街小巷，都有一阵阵火锅香气萦绕。一家好的火锅店，就像一只高傲的拉布拉多犬，方圆一百米内都是它的地盘，它用霸道的牛油味放肆地勾引着每一个过路人的心。出乎很多外地人的理解，越是夏天，火锅的生意越是红火，那股香气让吃客欲罢不能。

由于工作的原因，我常年漂泊在外，不管是在陆地还是海上。想到那个时候，每天晚上都魂牵梦萦地思念家乡的麻辣，满满的一锅红油，浮上一层密密麻麻的花椒和海椒，打上一碟麻油，和着蒜泥，把所有能烫的东西都扔到锅里，红汤沸腾，香气四溢，口水嘀嗒作响。然后我们喝着冰镇的重庆啤酒，摆着龙门阵，划拳的划拳，喝酒的喝酒，吹牛的吹牛。在那一刻，全身的毛孔都张得比碗还大。想象中的场景就是如此夸张，想到真切处，恨不得把舌头摘下来留在家里，不要带它来出海了。

我满以为跑船有大把的机会可以尝遍世界美食，譬如土耳其烤肉、墨西哥玉米卷、意大利比萨、日本寿司、法国蜗牛、泰国酸辣汤。但是去了才知道，很难实现。我们每次下船的时间都是紧巴巴的，而食欲总是经不起撩拨，被拴久了，一旦自由，总是第一时间会选择最熟悉的食物来填补空虚的肠胃。

外国的食物，看上去很美，而我又没有那么多时间去发现它，于是我的舌头君总是退而求其次：中国菜。

蔡澜写过，行路天下，"吃"情不减。这份心情我完全理解。我一介平凡的海夫，无法随心所欲吃到当地最美味的食物。但是我总能吃到还不错的东西，当然十之八九都是中国菜。

原谅我没有那么多机会去尝试一家家餐馆。全世界的华人真的很了不起，把最美味的中国菜带到世界任何一个角落。甚至我在加勒比海小国洪都拉斯（要不是1998年参加了足球世界杯，我肯定不知道这个国家）都吃到了中国菜。

而其中，四川菜，更是占据了中国菜的大半江山。大城市、小城市、市井百汇，只要有人的聚集，除了有江湖，就有四川菜。

重庆菜系属于四川菜的分支，更麻更辣，不拘一格，俗称江湖菜。一个重庆便是一部热血漫画，连载不断，食客们津津乐道。一道火爆肥肠，我在悉尼吃过，在新加坡吃过，在墨西哥吃过，甚至在西班牙岛也吃过，那份家乡的味道总能及时抚慰我可怜的舌头。

大多时候，我和朋友直奔中国城寻找最像模像样的中国餐馆，有的时候还会吃到不错的火锅，不瞒你说，我们在墨尔本吃到一次红油火锅，相当正宗。

一个港口的一个餐馆，往往是一个又一个枯燥航程里我们不断期盼的美好愿望。美食即是上帝。

有事无事，我的心里总是在念，下个港口，一定要去吃那家店，一定要大吃猛吃。到了港口，抓住机会下去吃了，瞬间便会觉得世界是美好的。如果那天要当班，错过机会下船，肚子便会对自己大发牢骚，倒尽了苦水。

与其说这是美食的诱惑，不如说这只是一份乡愁，永远也无法褪色的乡愁。

印象里有一次在惠灵顿遇到一家重庆酸辣粉，七八平方米的小档，一对重庆母女用心地经营。我说多放点花椒，要是有的话。她说，新西兰的花椒都不好吃的，没有麻味，加再多也没有用。我说那好吧。

没想到的是她给我加了她从家里空运过去的花椒。

"你们是重庆哪的？"

"沙坪坝。"

"真的啊。这么近，我就住白马函。"

"……"

"你每年都回家吗？我说过年的时候。"

"好久没有回家了。"她抬起头想了会儿，"真的十多年都没有回家了。"

"……"

"有一年，我回重庆，小时候了，没得那些高房子，磁器口也没修，破破烂烂的，过年要放火炮，热闹惨了。

最近回去了一次，到处都是灰蒙蒙的，我鼻子很不舒服，每天的空气都像毒气一样。"

"你还想回去吗？"

"不想了吧，这里挺好的，空气真的很好。"

"……"

她妈妈在厨房说，不想回去了，再也不习惯那边的生活了，就在这边安下来了。每天都可以卖些酸辣粉给留学生。

女孩好像特别年轻，和几乎所有重庆女孩一样，皮肤很好，脸也很秀气，但是性格里似乎透着一股桀骜，就是那种想套她近乎，但又很怕惹到她的感觉。

我和朋友在附近空旷的广场一边看几个吉卜赛人穿着奇装异服，打扮成国王、小丑和公主，吸引路边的游人到旁边同样被刷得花里胡哨的面包车里进行某种神秘的仪式，一边把酸辣粉吃得干干净净。

我的汗水含着眼泪，一股脑儿地喷涌而出。

这是我在国外吃到的最辣、最让我感动的一碗酸辣粉。

自信的得来

那个时候，我瘦弱不堪，无头苍蝇一般，舌头打结，脑袋不好使，昏头昏脑。

这还不算，最可恨的是我每天还要犯一大堆错误，重复地、厌恶地对不同的人说"对不起"。

那时正好"海洋神话号"跑了一个月的台湾航线（明明是中国的地盘，却偏偏冒出许多外国游客）。每个角落，到处都是，尖鼻子蓝眼睛白头发。我的舌头实在辛苦。对着他们，我只能苦笑。说不来，听不懂，于是我只想远远地躲开。

最开始一个月，我走到哪都带着一本酒单，随时随地拿出来翻一翻。我拼命地背鸡尾酒配方，完全不懂，就是死记。我睡上铺，用贴纸抄满鸡尾酒配方贴在头顶的墙壁上，每天都看着它们睡觉。口袋里总是放着小本子和电子词典，碰到听不懂的就麻烦对方说慢一点，或者干脆帮我写下来，遇到我想说的就按出电子词典翻译的单词递给对方。

我像是被抛到了火星一般，心情一直很低落，窝着一股火，也不知如何发泄。我工作时，就像"忍者神龟"一样习惯躲在后吧里研究电脑打单系统，翻来覆去地捣鼓它，就是不敢出去面对客人。看到客人，我只想躲，不是不想挣那份钱，只是我很没自信。

晚上时，我故意走两侧船舷走廊去餐厅吃饭，想吹吹海风。我挨着栏杆，望着深邃的大海，温柔的月光有时会轻抚海面。海水拍打着船舷，溅起的水花如同精灵般变化多端。我看到玻璃窗内灯火辉煌，船舷外则是深不见底的黑洞。有一刻，我甚至被吸进去。

还好我走得快，一下就到了餐厅。夜色中的大海犹如一群海妖在勾引你脆弱的灵魂。

每个航程结束我们都有告别秀，对所有客人来说，如同交响乐章最后一个迎向高潮的休止符。

很有幸，在我最低落的时候，我被安排去参加了第一次告别秀。

不管它是例行公事也好，真情释放也好，作秀表演也罢，从第一次开始，它给了我在船上存在的理由，一种真实的存在感和自豪感，让我全身起鸡皮疙瘩，并且热血澎湃，由内而外。

当一个航程即将结束，在最后一天，剧场里会有压轴的娱乐表演。有时是魔术，有时是百老汇歌舞秀，有时只是一个乐队的演出。当演出结束，所有客人意犹未尽的时候，娱乐部总监便会站出来说一段煽情的话，虽然不至于催人泪下，但足以吊起客人的胃口，接着便是整个演出最精彩的高潮——告别秀。

一大段铺垫过后，客人都仰望着期待时，爵士乐队奏起皇家加勒比的主题曲，娱乐总监宣布我们进场，我们在全场观众的注视下走上舞台。上去之前我习惯性地整理了衬衫。虽然我什么都还没做，但在那个场景，我突然觉得自己真的非常了不起。总监请出所有站立剧场入口处的船上的高层和各自部门员工代表们，包括船长、酒店总监、各个部门的高层领导。灯光照在舞台上，船长站在最瞩目的位置。我只是一个酒吧部门的代表。

虽说如此，我还是非常享受这个过程。

为了上船，我曾经付出了所有努力；我曾经有两年的等待；在等船期间，我到处晃，潦倒不堪。上船后，我艰难地适应着陌生的一切。往事的画面如油烟一样在脑海升起，我居然自己把自己感动了。

于是，在那一刻，在那种有意营造出来的欢送场景和煽情台词下，我觉得什么都不可怕了。观众为我们鼓掌，感谢我们每天的付出；我们也为自己鼓掌，感谢我们每天的努力。上船嘛，别人能做，我也能做，别人能做好，我也会做得不赖。

以后每一次告别秀我都踊跃地参加，因为我享受客人们的掌声，虽然没有一个人的掌声是单独给我的，也没有人注意到我。不过，我自顾自地认为那是一件很激发肾上腺荷尔蒙的事情。

培训和演习

刚开始上船，便是铺天盖地各种培训。第一天，我从人力资源那里领了员工证，集合开会，并莫名其妙地填了一大堆文件。最后我拿到钥匙，经过路人的指点，找到自己的"胶囊房"，我才腾出点时间来思考这到底是怎么回事。

如果小白鼠也能认真思考，那做实验的科学家估计要大伤脑筋。在我还摸不着头脑时，有人敲门，是昨天还住在这里的一个土耳其人。他解释说，昨天他还住在这里，是调酒师，从今天开始他要做前台了。我支支吾吾地表示听懂了。他以为我没听懂，竟然说起了中文。这下我就完全懂了。

土耳其人说："我今天不住在这里了，所以把所有酒吧的装备留给你。包括七八个托盘叠在床脚，几件大码的夏威夷衫，一个白色帽子，一双鞋，都是用得着的。"我不胜感激。然后他就走了，剩下我一人再次发呆。

当电话铃声想起，我重新进入了现实世界。

我换上刚领的衬衣、马甲、西裤，以及蹩脚的皮鞋（直到第二次领工资我才知道，这一套劳什子衣服是要付费的，两套下来，要一百多美元。我还以为是免费呢！）。经理叫我记住下午的培训。我忙不迭地说"Yes"和"OK"。很长一段时间，诺基亚N72手机一直都放在我床头,除了偶尔翻翻以前的短信,就是当闹钟来使。顺便说一下,我的闹钟铃声是郑少秋的《笑看风云》。

每天早上六点当《笑看风云》的前奏响起时,我便要开始一天的培训和工作。

培训室在船头,食堂的上一层,去了三四回,我才拼命记住了方位。我们拿到一张纸,上面排满了培训课程,持续有半个月左右,每一节课都要按时签到,不能迟到缺席。我们都是一群懵懂无知的小白鼠,正乖乖地等待科学家们细心的呵护和无情的蹂躏。可恨的是,每位科学家的舌头都像鱼身上的鳞片,怪糟糟、滑唧唧,在我耳朵里钻来钻去。我大脑的容器差点被这些乱七八糟的口音挤爆了。

培训的内容很是全面,有安全、救生、逃生、防火、环境保护、垃圾处理、酒店服务等,给我们培训的都是船上各部门的高层,也就是肩上至少有"两根杠"的领导级人物。有些内容一节课讲不完,会分好几次讲(一般安排在海上航行的日子)。

船在动,整个教室也在动。有些新人晕船,痛苦不已。船有时摇到厉害处,我们就迫切地想睡觉。和读书时在课堂上不同,即使你的眼睛要眯成一条缝了,也务必使劲撬开。有些领导发现你睡觉,会叫你回答问题,答不上来,下次你就得再来一次。

培训内容就不一一赘述了,都是在船上这个"社会"里工作生活的游戏规则,系统并且标准。其中,相当重要的一点是船上的安全演习。船在航行中遇到紧急突发事件,譬如火灾,全船都要按照平时演习的安排和规定来各就各位,船员们各司其职,引导客人去到各自的救生逃亡地点,一切按部就班,有条不紊。

上船前,我把《泰坦尼克号》看了好几遍,我脑中总是幻想船撞上了冰山,我该去哪里寻找我的Rose。关于安全演习,安全部总监播放了过去几十年邮轮安全事故的几乎所有视频。有意或者无意,视频的背景音乐就是《泰坦尼克号》的主题曲《我心永恒》。迪卡普尼奥对温斯莱特深情地说:"你跳,我就跳。"我没有用心去听总监的絮絮叨叨,脑子里一直在回味这句台词。如果世界真的给我开一个天大的玩笑,我也会这么对她说。

总监一直不厌其烦地讲船上的几种紧急情况下的广播信号。归纳起来,海上事故有火灾(最严重恐怖),有紧急医疗事故(比如某人无缘无故昏倒),有恐怖分子袭击事故(包括炸弹、海盗、恐怖分子骚扰),有某君不慎掉进海里的事故。广播信号是一连串英语单词的重复,比如"Bravo! Bravo! Bravo!"每种事故的单词都不一样。"查

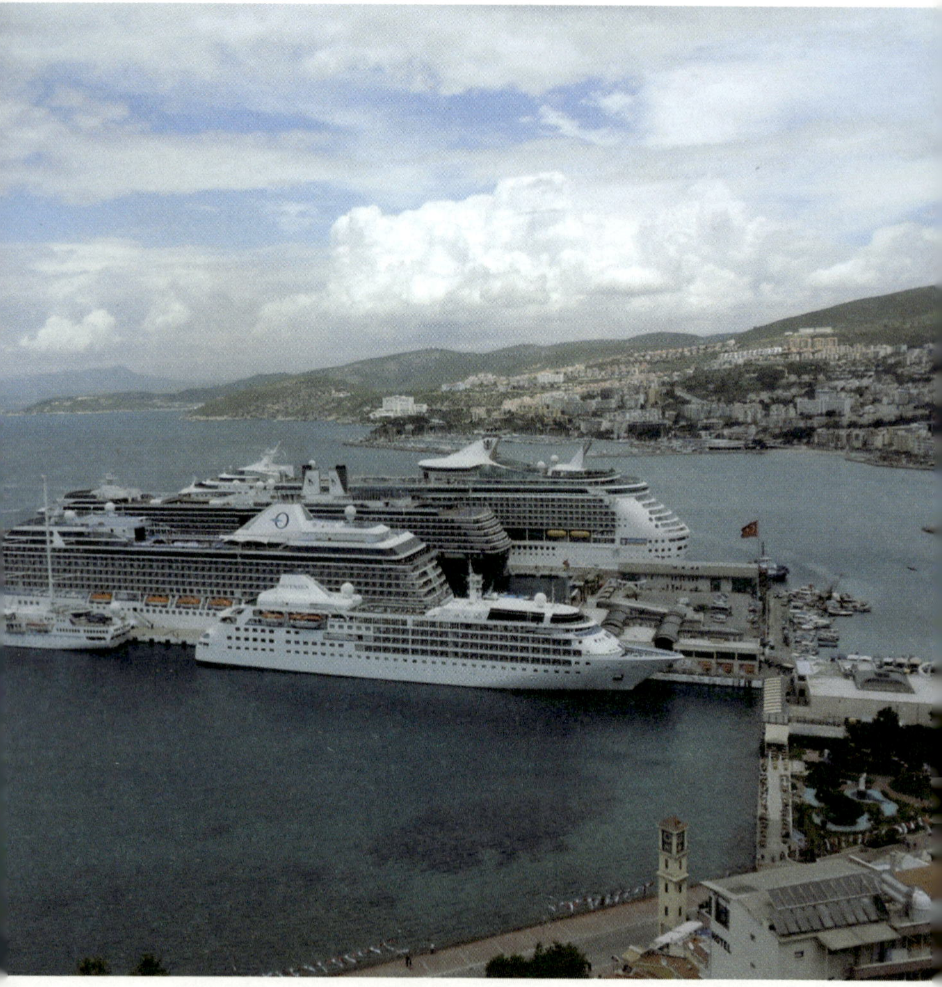

理！查理！查理！"是恐怖分子袭击事故（一直以为可能会遇到海盗，可能会听到"查理"的声音，但是除了演习，从来没有真正听到过）的广播信号。电影《加勒比海盗》我可能看得太多了，但事实上，我连海盗的影子也没有看到（这个问题我一直困惑，船遇到海盗怎么办？一个资深的海员告诉我，邮轮十多米高，体型庞大，船身光滑，小的海盗船根本近不了身，另外船上人也很多）。如此这般，这几个信号，便扎根于意识里。至于火灾事故的处理，尤其反反复复地大讲特讲。

船上禁火，非常严格，所有厨房都只用电，有人要吸烟也只能去特定区域。如果遇到火灾事故，必须立马拨打911，告诉他你的紧急逃生卡号和位置。每一种火源的灭火器都不一样，其灭火的方法也颇有不同。虽然船上有非常专业的救火队员（他们每次演习都全副武装，像马上要登上月球的阿波罗），但是所有船员也必须知道基本的灭火方法，以防万一。每个船员都有一张紧急逃生卡，这个必须妥善保管，随身携带，上面标明了你在安全事故中的职责和任务（每个船员的安全演习号码都不一样，一定要记住自己的数字）。如果丢失这张卡，安全总监要见你，你还要吃一个警告。一个警告就像花和尚鲁智深打了你一拳，你最多只能挨他三拳（三拳过后你便要收拾行李回家）。

所以，船上的安全演习尤为重要，来不得半点敷衍。想象一下，船上鱼肠般的通道，如果没有正确的指引和一致性的行动，你就算读再多的密室侦探小说，也无法推理出那仅有一条的逃生路径。

除此之外，船上安防部长也讲了很多毒品、酒精和武器的规则。总之一句话，这些东西，一旦发现，开除回家，不解释。

酒精倒是没那么夸张，只是喝酒不能过量，如果发现酒精测量超标，也是立马开除。

印象中比较深刻的还有船上的垃圾分类处理和环境保护。

我第一次上船，主讲的环境总监是一个德国女人。身材高挑，鼻子高高的，全身散发一股高高在上的气势。她英语发音标准，我的耳朵如沐温泉。环境保护这个课题本来严肃广泛，但是通过她讲出来，傻子也能明白三分。这个相当重要，每个船员都要求对垃圾进行严格的分类。每艘船的船首走廊处有一个四季吹风、宽敞明亮的垃圾处理室。我因为在酒吧，经常要去倒垃圾，比如啤酒瓶和纸箱，每天都是一大堆。所有垃圾都要分得清清楚楚，不能混在一起。

我常常在下班后推着拖车（装满啤酒瓶和易拉罐纸箱等）进入那个如时光穿梭机一般的垃圾处理室。那里每天都吹着大风，昼夜不息，一个面目沧桑的菲律宾人披着厚厚的制服，戴着手套，坐在那里打瞌睡。他时不时跳起来捣鼓一下机器。每次都感觉似睡非睡，像极了《天龙八部》里少林寺的扫地僧。于是，我对他非常客气（他身上想必有一股隐而不发的内力）。

以在餐厅消耗的食物垃圾举例，骨头、果皮、米饭等易溶化物都要分类处理，如果不小心把一把金属叉子丢进食物垃圾里，就会成为一个巨大的问题。必须把金属叉子捞出来！（不管你是有意还是无意，这都是在给别人制造麻烦，也是一种极大的不尊重。）

垃圾分类就是这么严肃，必须认真执行。对于可以回收利用的垃圾，我们会严格分类，然后在港口有专门的回收公司来回收处理。但是比如我们的排泄物、洗澡水等黑色的垃圾，也是需要专门的处理，并不是随随便便地就排进公海里。

《挪威的森林》里绿子带渡边君去她曾经寄宿的女校，她指着那一排烟囱说，女孩每个月来的时候都会把那玩意儿丢在那个垃圾堆，然后用火烧掉，所有带着女性气息的味道便一年四季地包围着这所学校。我想，邮轮上的垃圾排放，也大抵如此吧。

每个航程船上都有安全演习，我们所有船员都要参加。所谓演习，并不是操家伙舞枪弄棒，而是一种全船所有人各就各位的归类练习。就像把一群无头无脑的鸭子引到露天坝子里按顺序排列着，然后说："喏，以后刮风了、下雨了、打雷了，不用怕，也不用紧张，来这里就对了。"就是这么回事。这样做的好处显而易见，就是在海上遇到突发事件，不会乌七八糟地到处听到"嘎嘎嘎嘎"的乱叫。

如此这般，我们每个人都熟记了自己的安全号码以及救生逃亡地点。每次演习都方向明确，有条不紊，至于泰坦尼克号那种船就要翻过去却还有人优哉游哉地拉小提琴的场面，现实生活中，恐怕永远也遇不着。

船上的安全演习又分两种：客人的和船员的。

客人的比较好理解，即航程第一天，船停靠母港，行驶前必须来一次，所有宾客都必须参加（据我所知，真是这么回事，即使客人懒散或者有人群恐惧症，也一样被邀出房间。为了你好，没得商量）。每个客人都有海洋航行卡（也是房卡，也可以在船上刷卡消费），上面标记了自己的救生集合地点。

第一天，客人上船可能还没缓过神来时，下午四五点，便听到广播救生演习稀里哗啦讲一大通："遵照海洋航行法，救生时不能使用电梯，不能吸烟，不能打瞌睡，不能到处乱走，不能插科打诨……"我们有一部分船员也需要参加客人的演习，即分内职责之一，任务是站在各自救生区域，引导客人去到正确的地点。

不知为何，每个合同期内我都有各种各样的职责工作，每个航程我都要参加一次客人的救生演习。一般船的四五楼都是救生地点。当广播响起后，客人们都被编排到位，娱乐部总监播报完注意事项，船长便会说一通话，介绍船的航行、构造、速度、天气，介绍前方，给所有人打气，中间穿插救生衣的穿戴方法展示。参加安全演习的船员组织成各自的团队，而团队领导一般都是高一层的长官，我是一般船员，在客人的演习过程中，我们要记录自己区域的所有客人是否到场，没到的便要打一个"×"，然后由领导传达上去。

如此这般，说无聊也颇为无聊，说必要也似乎相当有必要。稍微有趣的是，每次我当着一大群人的面，在他们关注的目光下，给他们展示救生衣的穿戴方法时，心里总是飘飘然感到一阵得意。

除了客人们的救生演习，船员们自己的演习也绝对不能马虎（我曾经马虎了一次，那次稍稍有点迟到，我差点被记大过）。

这个演习比女孩初恋时的咚咚心跳还要来得勤些，照例每周举行一次。小船（排水量七八万吨）船员的紧急救生卡只有一个颜色，因为船员只有几百号人，都比较好找；大船那就不一样了，因为船员多，紧急救生卡分好几种颜色，我记得有蓝色、红色和黄色。

每一次的船员安全演习都是提前安排好的，几月几日什么颜色，每个月都有一次演习是所有船员必须参加的。参加演习时，除了拖鞋（穿拖鞋走在走廊上总感觉会踩到电线）和吊带，穿工作服或者便装都可以，但是记着要戴名牌，在船上无论去哪里，衣服上都必须戴着名牌。演习一般安排在上午九点，期间有时会做寝室卫生检查。

每次检查时，凡是自认为宝贵而珍奇的东西都请藏起来，诸如水果、酒类、炸虾比萨牛肉、没吃完的零食，更甚如开水壶、电吹风，都请藏在衣柜里。有一次我因为前夜宿醉，冰箱里有香蕉，啤酒瓶堆满床底，寝室乱糟糟像跳蚤大游行。

最要命的是，检查的人我又不熟，我的寝室没有通过卫生检查。当天经理便在电话里三番五次千叮万嘱要我"重拾人生"，把寝室清理干净。室友非常慌张，我也酒醒了，于是那一个星期，我们使出了好大的劲儿来打扫我们脚趾头那么大的小窝。我们扔掉所有的啤酒瓶和零食袋，风风火火地干完了，上面来检查并且顺利通过，这么干净整洁的房屋真的令人啧啧称赞。

我们分明是要住进太空飞船的真空胶囊袋里了，连我们的呼吸都仿佛被宇宙蒸馏过一番。不管怎样，我还是喜欢有点脏脏的感觉。

在我的印象中，每周的安全演习就像梦魇一样缠绕着我的大脑皮层。

我想起大学时，每个月都要还一次信用卡贷款。大凡讨厌的感觉，大致如此。身边的同事也是这么想的吧，只是他们的应对态度可是相当积极呢。每次演习时间是定好了的，提前三天，我的十大杰出室友中排名第二的印度人"奥巴马先生"便开始打扫卫生，从头到尾，一丝不苟，地板借来吸尘器吸了又吸，天花板排风扇也拆下来擦一擦。

特别是厕所，托他的福，我从来没刷过一次马桶。我和"奥巴马先生"在一起住了四个月，那可以说是我一生中最干净的四个月。

有的时候，演习时会放救生船下海。

一旦轮到我这边（有时是船的左舷，有时则是右舷，取决于海在哪边），我万分不情愿，也会被赶到救生船里。吊绳把我们放进海里，然后船一阵狂飙。每到这个时候，我总是昏昏欲睡，实在是难受。本来起来那么早（酒吧作息较晚，所以九点起床都早得不得了），没来得及吃早饭，下到海里又是颠簸万状，每次都搞不懂开船师傅（这个是业余兼职，属于定向分配，很多厨师都要会驾驶救生船）是怎么开船的。

每次下海，我的胃里都翻江倒海，但是有好几次，我记得，我居然在救生船里睡着了。

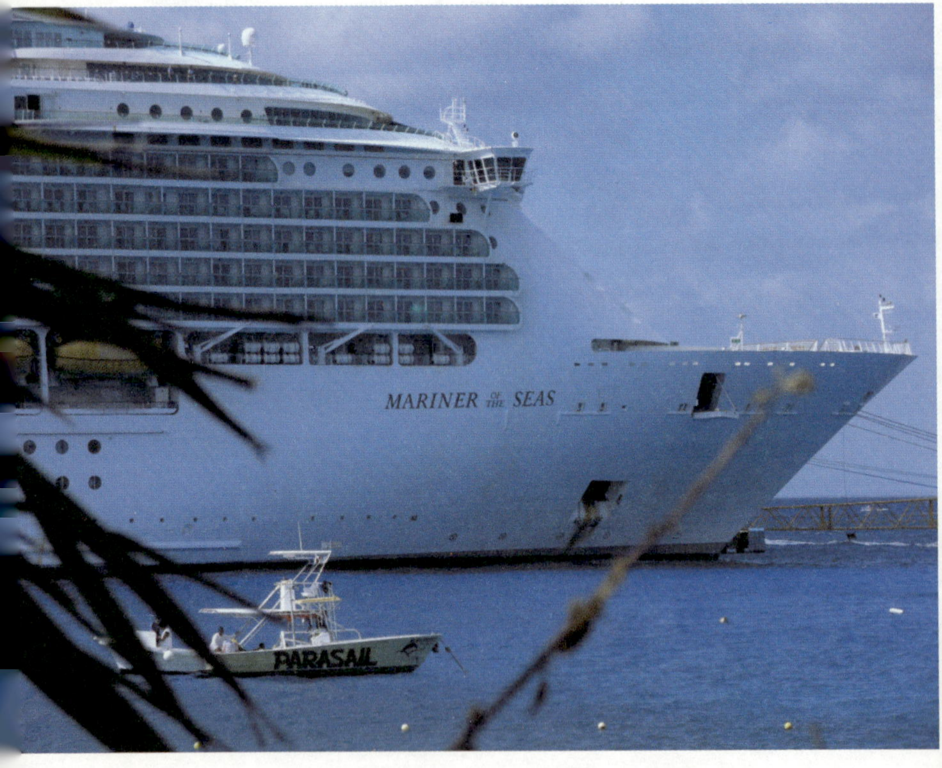
MARINER OF THE SEAS
PARASAIL

Rain

在我上船的第一天,一个黑乎乎的套着件宽大夏威夷衫的菲律宾男人带着我把全船转了个遍。

我盯着他的胸前看了半天(还好名牌是戴在胸前),看到他的菲律宾国籍,以及很深奥的名字。至今,我还是无法正确拼出他的名字,我只是和其他人一样叫他Rain。

新船员刚上船有部门的老船员带领着把全船转一遍,特别是每个船员的安全演习救生逃亡地点。我被他带着穿来穿去,简直就像在参观博尔赫斯的小径分岔的花园。Rain的脑袋油光光的,头发稀稀拉拉。

这是典型的"地中海",朋友说船上洗澡的水源都是海水净化的,洗多了会容易掉头发,所以船上"流行"这种发型。我摸摸我的头发,还好,我一天只洗一次。

Rain走路像蛇一样,第一次见面就喜欢摸我的肩膀。后来,我们熟了,每次见面他也总是喜欢走到我身后,摸一下我的腰。好几次我都下意识要来一个反肘,还好后来我也习惯了。

我刚上船时,英语还结结巴巴,什么都不懂,战战兢兢,于是每次碰到Rain我都尽量躲开,如果非要交谈,我也会尽量缩小话题范围。当我和中国同伴迅速熟稔起来后,和Rain便逐渐没了交集。我在拼命地适应新的环境，他的存在在我眼里逐渐被淡化。

某天，他遇到我，硬是叫我去酒吧（第一个合同时期，为了存钱，也不懂得喝酒，我很少去酒吧）。确认他还邀请了很多朋友后，我就去了。晚上到那里发现，他除了邀请很多菲律宾朋友外，中国人只有我一个。

我颇为无聊，一个人坐在边上喝着喜力，酒过三巡，有意或无意地，他挪到我旁边，开始和我攀谈。

"Tim，我要回家了。"

"哦，是吗？"

"对，这个月底就要回家了。"

"……"

"Tim，你喝酒吧，多喝点，今天随便喝，我很少看到你喝酒。"

"哦，我喝不了多少，一瓶我就醉了。"

"Tim，我下个合同要去其他船了，去人力资源处交了机票钱，八百多美元，下个合同我要去美国了。"

"……"

我抬头望向窗外，海和天空都是黑色的，唯独偶尔泛起的浪花在夜色中跳舞。

"去美国真好,我做梦都想去美国。"

"是吗?我以前也在美国上船,去美国真的很不错。"

"去美国了,每天都很忙吧?"我问他。

"每天都很忙,客人喝酒像喝水一样。"他的眼神在酒精的笼罩下越发显得迷离。

"那真好,可以挣不少钱。"

"对啊,Tim,我们来这儿就是为了挣钱。"

"……"

"……"

我和他碰了碰杯,自顾自地喝酒,他反而坐得更近了。

我往旁边挪了挪。

不知什么时候,音乐主持人开始播放黑眼豆豆的 *Tonight is Gonna Be a Good Night*(《今晚会是一个美好的夜晚》)。

我仿佛被感染了,开始喝第三瓶喜力。

这是唯一的一次和Rain喝酒,至今我还清晰地记得那股迷离,在他走后一段时间,偶尔还在我脑海里时隐时现。

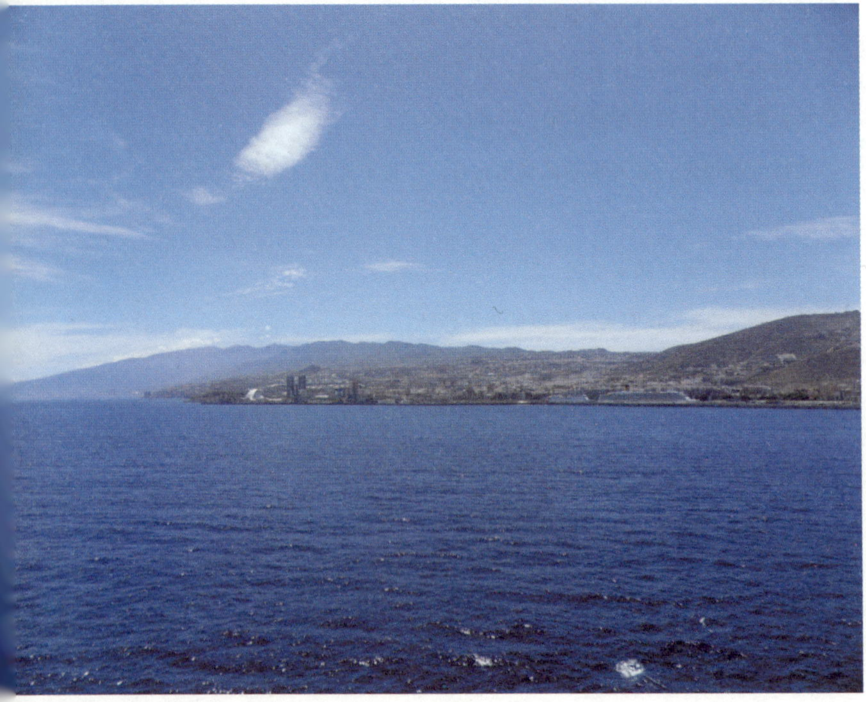

赚钱的活计

我在"海洋神话号"的时候酒吧生意惨淡,每次排队领工资都像去操场做第八套广播体操一样完全提不起兴致。于是我的脑子里便思考着怎么赚钱。

死工资养不活人,便要找副业;副业干不成,便要找兼职。船上的工作环境固定不变,每天脑子转来转去,我发现还是有很多兼职可以做的,譬如客房和免税店。

说到这些赚钱的营生,我要感谢朋友GT。他说:"对于金钱的渴望永远都是荷尔蒙分泌过剩的原因之一。"我们要赚钱,赚大把的钱。抱着这么单纯的想法我们就去做了客房服务生的兼职活儿。

我们每天在船上晃来晃去,不经意间便认识了许多朋友。

吃饭的时候,我认识了来自广东的David。

我们说不上有多少共同语言,但是他说话的方式总是让我觉得有股看透世事的不屑。他经常会和我聊天,边嚼着橡皮泥般的食物边噼里啪啦地谈论国内的经济,又谈股票,又谈房产,一支"包钢稀土"被他反反复复地评论。我对投资略知一二(我读过彼得林奇和吉姆罗杰斯的书),我以"崇拜"的眼光望着他,偶尔附和几句(其实心里不完全同意他的看法)。

我相信投资,而不是投机。在船上,我们与世隔绝,没有手机信号和网络（其实有，但是很贵），他还那么热切地关注国内经济与时态，让我佩服三分。最终，他答应我和GT为他做事，我们轮流做，每天帮他刷二十个房间的厕所。要求刷得一尘不染，不能留下一丝毛发。和其他做客房的老板一样，他给我们开的工资是平时航行日二十美元一次，然后登船日则是八十美元。

登船日便是每个航程的第一天，也是一个航程最重要的一天。这一天客房部会要求得极其仔细，客房检查的领班也会如同巴尔扎克小说里的债主一样神经质般的吹毛求疵。大家都羡慕客房服务生的工资高，但不是每个人都做得来。高自有它的道理。

开始几天，David带着我们，他总是带点丝丝的烦躁，并耐心地教我们打扫厕所的里里外外。

厕所，船上每个房间的大小都不一样。普通客房都比较"迷你"，走进去一览无遗。虽说小，但是打扫的工序还是一点不少。

我每次先扔进一条毛巾，踩在上面，手用抹布从里到外依次擦拭。首先是镜子，上下左右，喷四下消毒液，双手（按规定要戴手套，保护皮肤，化学制剂消毒液对手的危害相当恼人，但是我常常不戴，戴着不好干活，费时费力）拿着干毛巾，从上到下把镜子擦亮，要求没有一丁点的斑点和瑕疵。擦镜子的时间是半分钟。然后往下，擦洗手池。凡是用过的东西,诸如纸杯和香皂通通扔掉,在固定的位置换上新的。

接着转身对付淋浴室,换条大的干毛巾,每个角落,里里外外全部擦拭。所有的水渍、所有的毛发,全部一股脑儿消灭掉(任何一个旮旯角落都是敌人的藏身处,务必要严阵以待)。

浴室清理完毕,没有时间给你思考,便要弯腰擦地,你可以用手,也可以用脚,看你自己的效率。我用略湿的抹布前前后后擦拭一遍,抹掉所有的毛发。干久了,不自然地,我憎恨厕所里所有的毛发。

在脑海里,毛发像小说《魔山》里的哮喘病一样层出不穷(收拾这样的房间确实颇为恼火,不信你可以试一试)。全部打扫完毕,把垃圾收拾出门倒在垃圾袋里,再带回干净毛巾,根据人数一人一大一中一小。毛巾折成固定模样,标志向外,按大小依次插进毛巾栏。纸巾、纸杯、香皂等,同样扔掉旧的,补上新的,摆放统一,容不得半点差池。

相同的作业不断重复,平均一个厕所的打扫时间不能超过五分钟,按David的标准是三分钟。

一个厕所打扫三分钟,开什么玩笑?

除了厕所,David还要求我们每个客厅都要吸尘,这是最后的工序。吸尘器傻头傻脑的,你得拎着它,拉着电线像扫雷的士兵一样前进。除此之外,David还要教我们铺床。我试了好几次,动作不仅笨拙,而且慢,David老板反复叹气,"怎么会这么笨!怎么会这么笨!"我的动作何止是笨。

这个时候他才不会和我谈论投资和经济,他只是一个劲儿地对我灌输换床单被套的人生哲学。

我每天早上六点半起床,吃完早饭,七点到他的区域便像开闸的水龙头一样不停歇地干活。十一点前结束作业。我拖着疲惫而麻木的身躯,随便吃点果腹,回到寝室便倒头睡去。睡不到四十分钟便要爬起来,投入另一场工作。

有时碰上早班,亦是要强打精神去酒吧站着。一天工作的时间已经有十四个小时了。

站着的时候,我的脑袋一片麻木,亦不知身上还有多少汗水可以挥霍。那个时候,我总是会想起杰克伦敦,真想碰到他和他喝一杯杰克丹尼,不要冰,然后互相倾诉海上的这一段不同凡响的艰苦岁月。

刚开始那一个月,我彻彻底底累坏了。我就这么连续做了半个月,突然发现肚子靠近肾脏的那个部位开始感到疼痛,连续痛了一个星期。

我去医务室告诉医生我很痛,痛得无法工作。医生告诉我,不用担心,没有问题,这属于太劳累了,是工作强度过大引起的。

他问我要不要向我们经理汇报,减少我的工作量。"请两天假?"我慌不迭地说:"不用,不用,是我自己的事,我也不用请假,我会好好休息的。谢谢你,医生。"

我只是暂停了一个星期的客房活计,然后又继续做了。

这种活计我大概做了半年,中间因为David老板下船休假,我又换了三个老板。

有的时候,老板下船了,便会推荐我给其他的老板。只要你愿意挣钱,吃得来苦,脑子又不笨,总是有老板要找你的。总的来说,我和他们合作得很愉快。我的动作也越来越快,麻利的程度简直可以称霸整个厕所打扫业。偶尔我也会得到他们的小费,不仅仅是开心,还有巨大的满足感和成就感。

我很辛苦,他们更加辛苦,都一样做了下来,当我拿到小费和现金工资的时候,我觉得心里的那份踏实和欢喜,是言语无法表达的。

大多时候,我在客房干活时,会碰到很多朋友。在我隔壁不远处做事的便是一位舞者(是娱乐部的员工)。

他来自阿根廷,蜷曲的长发扎成小结,鼻子尖得可以开罐头。他不仅人帅得不可理喻,舞也是跳得无可挑剔。

我在剧院看过他的演出,拍手叫绝,观众都啧啧称赞。他有一个金发的女朋友，来自俄罗斯，长得异常甜美，我时常在酒吧碰到他们，亲密无间。一对金童玉女，走在哪里都是焦点。他也是每日按时出现在客房，和我一样挥洒汗水，没有一秒钟停歇，像机器一样开足马力地捣鼓每一个房间的厕所。

还有很多朋友，有我们酒吧部门的，也有其他部门的，我看到罗马尼亚的孤独的钢琴手也在做，菲律宾的年轻吉他手、画展的拍卖伙计、理疗中心的理发师。

各个部门的，不管他们的正职工作是什么，在这里做的都是同一件事：拼命工作，挥洒汗水，然后挣钱。在这个时候，我们都站在同一战线，于是便更能互相理解。

我碰见很多后勤设备部门的朋友，他们的工资其实很低，每天满满当当工作十二个小时，如果他们轮到夜班，基本都会选择白天去做客房活计。他们每天除了吃饭睡觉，所有时间似乎都在不停地工作。

每天这样重复，像一根弦，越拉越紧。但是，工作犹如一张弓，有余者损之，不足者补之。你要相信，不管哪种工作，只要能游刃有余地做下去，生活总是会给你一个惊喜。

船上的赚钱活计并不限于客房一种。除了客房，我还做过免税店的工作，相对来说，要轻松不少。

到了亚洲后，免税店的生意如同天堂，同样都是销售拿提成，但是他们赚的钱比酒吧部门多几倍。

船跑亚洲的时候，接待的便全是中国的客人。免税的奢侈品似乎有股魔力，让中国客人们疯一般地抢。

中国的富人在全世界购物，攻城拔寨，轰轰烈烈，邮轮亦不在话下。这种阵势，我是见过了。每每遇到所谓打折促销的时候，在人头攒动的疯抢现场，除了不断惊叹疯狂外，你还能说些什么呢？这种大场面，我是见过的，因为在免税店工作的时候简直就没有停顿。我也不需要换制服，还是穿着酒吧的黑色马甲白衬衫，站在柜台中央。

每个人都急急忙忙，生怕错过了什么。持续的疯狂像硝烟一样在免税商店四周弥漫。

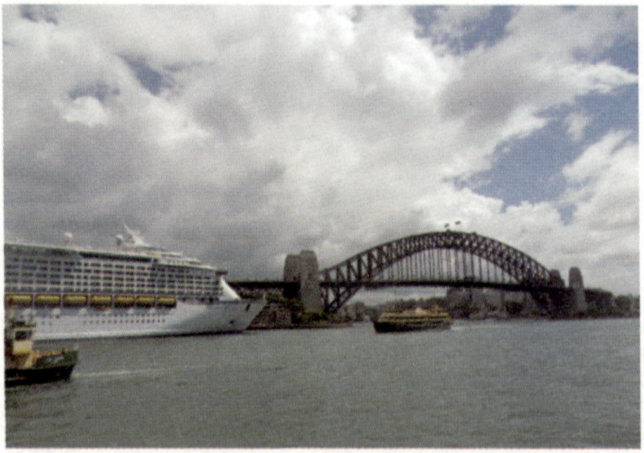

第四章　世界尽头

船乐此不疲地一圈一圈地在西加勒比海打转,一个星期就是一个航程。记忆的匣子一旦打开,各种场景片段便像老相片一样纷至沓来。

加勒比海的世界

时间的轨迹回到我在"海洋水手号"的时候，船跑加勒比海。那三个月，船乐此不疲地一圈一圈地在西加勒比海打转，一个星期就是一个航程。

面对相同的港口、相同的风景，我居然也没有感到厌倦。除了墨西哥，我们去了牙买加、洪都拉斯、伯利兹、开曼群岛，以及巴哈马，顺便在开始跨大西洋航行的时候去了一次迈阿密。

记忆的匣子一旦打开，各种场景片段便像老相片一样纷至沓来。

刚上"海洋水手号"的时候，船上便汇集了各路好手。

牙买加算是耳熟能详，但各种小国家我倒是第一次听说。身边突然多了那么多黑黑的面孔，我问他们来自哪里，他们回答了。我问，哪里？他们又说一遍。我不好意思地又问了一遍，他们礼貌地指着胸前的名牌，告诉我："我来自ST文森特。""我来自文森特和格林纳达。""我来自特立尼达和多巴哥。""我来自海地。"等等。

其中ST文森特和Grenadine文森特是两个国家（Grenadine的英文意思是石榴汁，甜蜜的国家，我常常调侃他们的国民：上帝是用石榴汁创造你们了吗？很多款鸡尾酒要用石榴汁上色，那扑朔迷离的红色瞬间滑进其他颜色的液体里，搅在一起，如同彩霞一般）。这些名字是他们的伟大国民，也就是我的加勒比海同事，反反复复，谆谆教导，无数次地对我耐心解释，恨不得在我脑袋里刻字，我才勉强硬生生地记住。

我去国外后，便随身携带一本旧的世界地图册，没事时我便翻出来看，找出他们的国家。

第一次，总是很难找到，但是多找几次，也就找到了。他们的国家真的好小啊！

那仿佛是上帝写的爱的宣言，被坏心肠的人撕成了碎片，随手撒到了海洋里。前不着村后不着店，纸屑带着零碎的爱的旨意，在世界的尽头扎下根来，说孤独也好，说坚强也罢，纸屑的内心世界是常人无法揣摩的。

茨威格说过，孤独如同一座岛屿，尼采的内心世界，从来无人知晓。也许正因如此，"纸屑国"的国民喜欢唠叨，喜欢摇摆，喜欢没事晃来晃去，便是完全可以理解的了。

我喜欢和"纸屑国"的国民交往，即使有些时候，他们偶尔有点坏坏的，但是那种坏，像哆啦A梦里大雄的恶作剧，永远坏不到哪里去。即使你和他们吵架了，吵得面红耳赤，三分钟也会过去，不会有人记在心上，要问为什么，也许是天气太热的缘故吧。

"纸屑国"里，我最喜欢的，也是最具有迷幻色彩的国家是牙买加。短跑健儿层出不穷的国家，却也是慵懒懈怠、整天晃悠来晃悠去的国家。

牙买加

我和June下船溜达。太阳一如既往地暴晒,天空湛蓝得一塌糊涂。我也从来不穿人字拖,只穿黑色的旧皮鞋、短裤以及墨镜。海风不时混着热浪吹到皮肤上,感觉如同久违的情人的抚摸,在我的心里荡起一阵阵涟漪。

海港附近照旧是一片纪念品商店,一家家逛去,电扇兀自"呜呜呜"地吹,"呜呜呜——"就是没有冷气。热风始终环绕左右。我们在免税店停了很久,June逛她的化妆品和香水,我拿着一瓶瓶朗姆酒看了又看(每次我都会在港口买几瓶小瓶装的酒,全世界的牌子,威士忌也好,伏特加也罢,我收集各种牌子的小瓶酒。迄今有一百多瓶了,喜欢得不得了)。

出了海港,绕过防风栏,我们便到了真正的法尔茅斯市镇。就这么走过去,一路上都有晃头晃脑的半瘾君子半"雷鬼"的小贩向我们搭讪。

"嘿,你好,中国人,过来看看,这个,看这个。"第一个"雷鬼"说。

"不了,谢谢。"我们兀自往前走。

"留下来,我亲爱的中国人,这是好东西,请看一看。"第二个"雷鬼"又说。

"还是不了,谢谢。"

"中国人,你的裙子真漂亮,看看我的项链,很便宜。"

"……"

他们怎么知道我们是中国人,而不是斯里兰卡、玻利维亚或者文莱人?

这就像玩过关游戏一样,打败一堆"小鬼",我们来到真正的市集里。天空顶着烈日,要不是有海风吹过来,还真的是炎热不堪。来到热带,整个世界便是一片慵懒,不管是街上的路人还是摊上的水果,抑或是角落里的流浪狗,假使世界转一秒,在这里需要晃悠悠地转上两秒。

"雷鬼"的造型贯穿整个市集,每一个男人都干瘪瘪的,要么平头短发,蓄势待发,要么扎起一根根手指头那么粗细的辫子,打成一个结,潇洒自如。

路边的摊子上,一个随意搭就的木车上稀稀拉拉地摆了些蔬菜,西红柿、洋葱、土豆以及青椒,顽固地保持着固有的颜色。

女摊主慵懒地守在一边,身上的脂肪堆在一起,她只顾着望着某一点发呆。一个胡子拉碴的老头戴着红色鸭舌帽,耳朵里塞着耳机,披一件绿色马甲,他骑着自行车,不慌不忙地像慢镜头一样缓缓地从我的眼前消失。

在马路边、餐馆边、商店门口、树荫下,总是聚集着一小撮男人,站着,就这么站着;坐着,随意地坐着,他们偶尔互相交流几句,偶尔望着街角的一点发呆。

一股强烈的无所事事的力量在炎炎夏日里逐渐蔓延开来。

世界尽头 / 129

偷灵魂的老头

圣诞节将至，我们在明朗的夏日里漫无目的地散步。

广场上几个工人在装饰一棵圣诞树，树上挂满了塑料做的红色的苹果和彩结。太阳下的圣诞节别有一番情调。

低矮的棕榈树被风吹得呼呼作响，阳光还是那么强烈。所有的公共建筑涂上橘黄和红色。

走到十字路口时，经过的车辆逐渐增多，我开始听到喧嚣的"雷鬼音乐"，鲍勃马利的灵魂在四周放肆地燃烧。

全世界的牙买加人似乎都热爱鲍勃马利，那不仅仅是音乐的共鸣，而已经是精神的寄托了。我们选了一家不那么吵的餐厅，挨着街边的位置，坐了下来。一人一瓶啤酒，一份西红柿牛肉炒饭，然后静静地享受这段美好的时光。

不一会儿，一个瘦骨嶙峋的老头捧着一个打了疤的瓷碗晃到我们面前。我看到他的牙齿已经跌落大半，衣衫褴褛，头发乱得仿佛随时随地可以燃烧起来。

老头也不急，像被设置了三十二倍慢放镜头一样给我们展示他的绝技。他把破碗放在一边，慢悠悠地从屁股后面掏出一根笛子，凑到嘴边，开始给我们吹奏。

笛声不是很悠扬，也算不上多入流，也许只是小时候我们每天练习时的水平。老头可是眯上了眼睛，一缕轻飘飘的旋律便如同一片树叶缓缓落下，在嘈杂的"雷鬼音乐"里打着旋涡并慢慢飘落。

每拿到一张小费，老头都会停下笛声，双手合十，牙齿缝里含糊地说一声"上帝保佑你"。老头很是执着，就这么一桌接着一桌，如同一百岁的天使一样在餐馆里转来转去。每天收集来自人间的小费，然后飞回天堂去。

在回去的路上我们碰见另一个老头。

他装束奇特，身着蝴蝶般的花衬衫，戴着黄色的平沿帽，帽子上面插了一堆假花，五颜六色。他身前拴着的鼓足有一米高，围着鲜艳的牙买加国旗，国旗一边套着一个褪色水壶，上面写"TIP BOX"（小费箱）。老头的胡子和头发一股股地耷拉在眼前，鼻梁上没有镜片的眼镜仿佛是小孩子在劳动课上用铁丝随便绕就做出来的。老头这么用心地打扮自己，我们不配合他实在过意不去，于是便在一起合影，照完塞两张美元给他。

他倒乐呵呵的，抓住我们，给我们敲打了一段莫名其妙的加勒比海音乐。

那一年的圣诞节我们在船上狂欢，啤酒和烤肉以及比萨沙拉无限供应。当来自加勒比海的小国ST文森特的DJ丹给我们放起鲍勃马利的音乐时，我仿佛被抽了筋一样，滚进池子里张牙舞爪般地跳舞。汗水混着酒精像瀑布一样流个不停。

那一夜，肯定是那两个老头把我的灵魂偷走了。

艾美丽

在我们的酒吧,有一个"酒吧男孩",她来自牙买加。我们在一起工作搭档了好几回。她扎着蓬松的雷鬼头(堪称牙买加的标准发型),身上总是飘着水果味的香水。

有的时候生意很忙,当需要她来为我们洗杯子的时候("酒吧男孩"的工作内容就是酒吧内的清洁,洗杯子便是其一,当然也是用机器洗),她总是姗姗来迟。有几次,忙得不可开交,杯子堆积如山,我们急着点单出酒,我看到其他同事撇开机器,把杯子就在水管下用手洗刷,然后用纸巾揩干,做酒端出去,速度惊人,令人咋舌。

有时我也依样画葫芦。不巧的是,一次被她抓个正着。她呜啦呜啦地说了一大通,嘴里的口香糖在舌尖上灵活地跳来跳去。

她开始在我耳边念叨,唱歌似的:"中国人,你为什么不用机器洗?"。

"本来这是你的工作,你为什么不来洗?"我不想理她,兀自捣鼓自己满满的一托盘酒,给鸡尾酒插上装饰水果。

"我问你,中国人,为什么不用机器洗?"

我火冒三丈:"请你不要再叫我中国人,我是中国人,但我有我的名字,请尊重我,请叫我的名字!亲爱的牙买加酒吧男孩!"我放下托盘,走过去。她像一座山一样屹立眼前,我指着我的名牌给她看。离她不过两厘米,我仰望她胸前的名牌,如果我没有记错,那天她用的香水是芒果味的。

"不管怎样,你用手洗杯子是不对的,这违反公司的规定,你不能这样。"

"好,你去告我,随便你。"我看清了她叫什么名字,我端着酒出去了。

她叫艾美丽,我差点把那盘酒打翻在客人面前。

我们的争吵就像电影开场前无聊的哈欠一样转瞬即逝。

那时酒吧挺忙的,她负责船上三个酒吧的清洁工作,从早到晚,她一会儿消失,一会儿又突然出现。在忙碌的间隙里,有时候我和同事会开开小差说说话,调侃下某个客人,说个无聊的男女笑话,聊一下身边发现的八卦。她在的时候,并不经常搭话,总是专心做着自己的事,把一个个杯子整齐地放进机器按下开关然后等待。在等待的过程中,我有时会和她说话。

她长得并不美丽,甚至有点男子气。她喜欢打扮自己,我看到她的指甲油换了一种又一种的颜色,经过我的身边时,我闻到一股奶油般的水果香气。

"今天的指甲油很好看。"我说话一向直接。

"我很忙,不要和我说话。"外面并没有多少客人。

我说:"你绝对是谈恋爱了,不然怎么又换指甲油了,今天是紫色。"

"今天我心情不好,不要和我说话。"

我说:"哪一个男的,我还不知道,是不是DJ丹?"

"关你什么事,中国男孩。我不想和你说话。"她又是这么说。

外面来了一个新客人,我便丢下话茬儿,出去了。

也许是程序的设定,我和艾美丽的谈话从来不超过十句。

"艾美丽,你在船上待多久了?"我有一次问她。

"五年多了,快六年了。"

"六年都做'酒吧男孩',为什么不面试服务员和调酒师,那样可以挣很多钱。"

"我做事这么慢,长得又不好看,做那个做不来的。"

我认真地望着她:"你是有点慢,但是有人比你更慢,也一样做得很好。"我指的是五十多岁的菲律宾同事米格尔。

"他不一样的,他那么聪明,知道客人喜欢什么,我不行的。"

"你就在忙的时候拿个托盘出去点单嘛,点一个算一个,挣多少算多少。"很多其他的"酒吧男孩"都是这么做,辛苦一点,但挣的钱也不少。

"我不喜欢点单,不喜欢客人,就做这个好了,我不想挣那么多钱。"

"好吧。"

"……"

除了艾美丽,船上还有一个"酒吧男孩",他来自牙买加。

他叫雷蒙德。也许是因为我喜欢雷蒙德·钱德勒(美国硬汉推理小说家,代表作有《漫长的告别》)喜欢得发狂,我对他也充满了好感。

那个时候,我每天都拿着托盘去泳池那边做支援,就像是奔赴每日的战场。

十二月,加勒比海炎热不堪,火爆的太阳甚至一度把我的手腕晒出了密密麻麻的斑点。我每日要切一桶的水果,包括柑橘、菠萝、柠檬和青柠,这些都是做鸡尾酒需要的装饰。烈日高照,生意火爆,我们便忙得不可开交。有半个月的时间我都是做泳池工作的头号人物,切水果便是分内的职责。

我每天在太阳下奔走,我的手臂上莫名其妙地长满了怪异的斑点,不只是几个斑点,而是虫卵密集般一片一片。恐怖至极,不敢示人,我一度怀疑自己得了奇怪的皮肤病。

这个疑惑像钱德勒小说结尾处最为明显的凶手揭秘：雷蒙德告诉我，是柠檬，要杀你皮肤的凶手是柠檬！切了柠檬的手在太阳下暴晒，生出一种化学物质，这便是皮肤上密密麻麻的黑斑。虽然动机暧昧，但作案手段里柠檬和太阳缺一不可，结果便是误以为得了皮肤病而让人惶惶不安。当皮肤不再接触柠檬，不再去太阳底下暴晒时，随便怎么着，黑斑也是会自动消失的。

当雷蒙德告诉我这个推理之后，我的态度一百八十度大转变，我逢人便展示我的手臂，包括给我的客人看。

我说："喏，我好辛苦的，每天烈日底下暴晒，手便长成这样了，你要不要摸摸，一点都不痛，据说是切了太多柠檬的缘故。"

加勒比海的游泳池

　　在泳池酒吧做事的时候，白天大部分时间都要守在太阳下，穿梭奔走，半个月过去，我也晒成了"黑人"。

　　不知是不是因为如此，很多加勒比海的同事都把我当作朋友。我每天早八点要去泳池，切水果，打冰，摆好吧台，补充纸巾、吸管、水果签等（恼人的是，纸巾吸管总是在缺，用量实在太大。我每次准备一大堆，摆放好，总是很快被用得一干二净。后来我学聪明了，便会一次去库房拿很多，想尽办法把它们藏好，等用完的时候再偷偷拿出来）。

　　在吧台后藏东西是个脑力活，特别是啤酒和冰桶。人类的想象力可以被无限地开发，譬如巴掌大的地方，你来我往，似乎到处都可以藏东西。当然，这一招，到了后来和加勒比海同事混熟了，我也学得有模有样。

　　在泳池酒吧做事的时候，和种庄稼是一样的期盼，也是看天吃饭。除了偶尔刮风下雨（如果遇到，泳池便是冷冷清清，不如回去睡觉），几乎都是艳阳高照。然而越是艳阳，越是炎热，客人便越是口渴，我们的生意才越是有的做。

　　一个偌大的泳池，横七竖八地躺满了客人，他们绝大多数来自美国。他们不拘小节，不管男女，一旦成年，血液里便流淌着酒精。

　　当船行驶在大海上，当太阳高挂起，泳池便会举行男子选美比赛，跳水最美水花比赛，还有烧烤最佳食神比赛。每当这个时候，泳池前便是人山人海，水泄不通。

男子选美比赛就是选奇奇怪怪的美男子。

中午一点，在太阳最为亢奋的时候，娱乐部总监不知从哪里跳出来，拿着话筒讲话，DJ丹在池子里放起了音乐，整个泳池欢腾了起来。娱乐部的员工们就上来拉着客人的手，把他们聚在一起。

总监穿着夏威夷衫，声音高亢却不失温柔。选美比赛开始！总监先从观众里挑选出五位女性，坐在一起。她们就是选美比赛的评委！音乐震天响起，欢呼声、口哨声胡乱挤在一起，风还在呼呼地吹，世界的孤岛却兀自慢慢驶向海洋的尽头。

我们翘首以盼，在五分钟的时间里，全泳池的客人在世界的中心呼唤美男子。报名瞬间完成，十个名额显然不够。于是，好戏便开场了。这个时候，即使再忙，手里有再多的单子，我也会停下来，观看奇妙的男子选美比赛。

黑眼豆豆的音乐如魔咒一般在四周旋转。每个美男选手，在半分钟的时间里摆出最为性感温柔的姿势，向五位女评委抛去暧昧。

不管什么脸蛋，也不管什么身材、年龄和肤色，都可以参加，甚至有七十多岁的小老头。老头们倒是一点也不含蓄，裸着上身，穿着泳

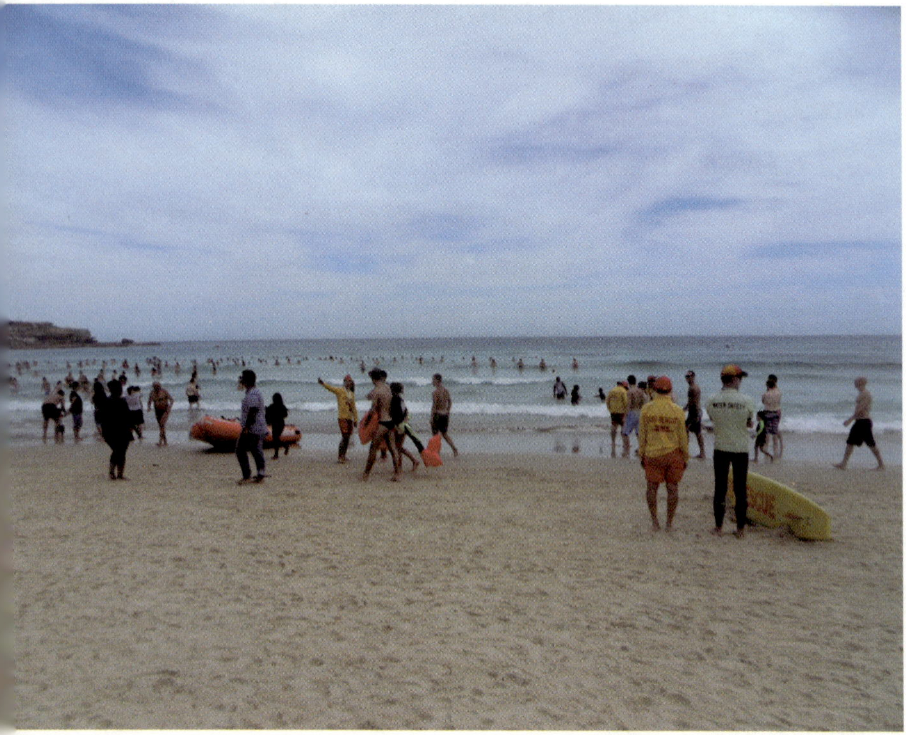

裤，干枯的皮肤如同拧干的毛巾搭在身上。老头才不管老婆子在一边瞪眼瞧着，豁出去一般，手在身上摸了又摸，故作撩人，跳着乌七八糟的性感舞蹈。

美男子们在属于自己的时间里，和着黑眼豆豆的拍子，把快乐洒向了整个泳池。真是开心。

全场掌声不断，说乌烟瘴气也罢，说欢声鼎沸也好，我十分享受这样的愉快气氛。

和加勒比海同事的相处

我和来自加勒比海的同事是朋友,但是偶尔会吵架,有时甚至会吵到面红耳赤。

他们除了身子骨结实(结实得像灌满了汽油,不知疲惫,他们可以一天做三份兼职,晚上酗酒,第二天照常起床),他们的唇肌也是发达得很。换句话说,就是絮絮叨叨,没完没了。

每天,不管在哪里,只要有加勒比海的同事在,也不管他们来自哪个群岛,不管男女,几乎都念念叨叨,我的耳朵只能忍受着。船上不是陆地的花花世界,没有光怪陆离的奇闻逸事,生活总的来说趋于平淡,但是,他们不管,自顾自地在你的耳边念叨。

什么事在他们眼里,说一遍是不够的,总是要反反复复地说。他们看见我做错一件事(一个杯子没放好,一片柠檬没切正,一杯酒多倒了一点点),他们便是相声演员,是解说员,他们的嘴唇一张一合便是一天细雨绵绵。点点滴滴,哗哗啦啦,仿佛每次都淋在我的头上。

大多时候,我并不理会,眼里一片混沌,忽略他们的存在。不过,每个月总有那么几天,当烦躁的力量无法疏导时,我便会爆发。

我说:"为什么你总是叽里呱啦的,总是在说说说。"

他说:"你才叽里呱啦的,你才说说说,你的酒倒多了。"

我说:"我喜欢,客人要求的,你不也这样倒吗?"

他说:"我从来不这样,我看到了,你不能这样,这违反公司的规定,你倒多了,客人会醉。"

我说:"去你的公司规定,你倒那么一点,客人会开心吗?你能不能闭嘴!"

他说:"我不和你讲,我去和经理讲。"

我说:"你最好不要讲,我很烦,客人在外面等着,我不想理你。"

他拦住我:"你不能这样端出去,不能倒那么多酒,你们中国人不能这样。"

他们从来不喊我的名字,喊我——你们中国人。

我怒从心起,端起那杯酒作势要扔过去,但只是在天空划了一道优美的弧线,轻轻地放在他的面前。

我说:"你来倒吧,请你不要叫我中国人,我有名字,我也从来没叫你黑人,如果你再在你的语言里包含歧视词语,我马上给经理打电话,我们人力资源处见。"

他说:"我没有叫你中国人,我只是叫你不要这么倒酒,这违反公司的规定。"

我一巴掌打在旁边的不锈钢桌上,"当"的一声,吓了我一跳,手也瞬间酸疼。其他同事望着我们,空气凝固起来。我挥了挥手,打破这片沉默。他兀自呆呆地站在那里。

我知道,我已经一球领先。我没有犯规,我只是换了一只手端着托盘,走了出去。

虽然偶尔有争吵,但总体来说,我和他们都相处愉快。

他们其实都不坏(坏也只是傻傻的坏),有一些还相当有趣。

有一个来自"石榴汁文森特"的"大高个",便会经常在我的记忆里闪现。当我第一次看到他两米二的身高和长方形的脸庞时,我便决定和他做朋友,我叫他大个子。大个子就像希腊神话里的高怪人一样,靠着一块大石头孤独地镇守一座岛。岛屿之大,不是他慢吞吞的脚步能走得尽的。他并不在乎,昂然挺胸,望着比我们高的地方,与世界和睦地相处。

大个子和其他加勒比海的朋友一样叫我"中国人",但我不在乎,因为那语气还真是憨厚。我和他合作过一段时间,他很少说话。

我常常这样问他:"你为什么会这么高?起码有三米了,你应该去美国。"

他用粗大的手掌摸摸自己的后脑勺,就像玩弄一个篮球似的。"去美国做什么?"

"去NBA(全美篮球协会)呀,你这么高,你就站在那里不动就好了,投篮都不用跳。"

他"嘿嘿"地笑了起来,摸了摸鼻子说:"中国人,我妈妈也是这么说,我只是高一点,但是我跑不过他们的。"

确实很老实,他的致命点就是慢。

我不依不饶:"你还是没听懂,你不用跑呀,你站在篮筐下就好了,像一面墙一样,我觉得篮球就是为你设计的,你应该去美国打篮球,而不是在这里端一个托盘。"

他还是笑着说:"我的心脏不好,不适合做剧烈运动,所以我妈才不让我去美国。"

说的还真是那么回事,好像他的妈妈可以战胜美国签证官,随时安排他去洛杉矶一样。

"客人都很关心你的身高问题,采访一下,你平时怎么睡觉的?寝室的床铺那么短。"

这次他摸了摸自己的脑门,那脑门像二郎神的第三只眼睛般突起:"我斜着睡,脚伸出外面就好了。"

"好吧,你应该跟船长讲,叫他给你特制一个床铺,要四米长!"

我们的寝室长宽高都没有三米。

"嘿嘿,我习惯了,每天倒头就睡,没什么不方便。"

有时候,我和June喝酒聊天会说到他。

"他怎么这么高啊,客人看到他会不会被吓着,真的是太高了。"

"他真的有点高,客人看他都要仰望,眼睛比青柠还大,小孩看到会被吓哭的。真不晓得他晚上是怎么睡觉的。"

"就是啊!"

"他速度有点慢,每次在泳池的时候,我看到其他的人跑得飞快,他还是一圈一圈地转,别人卖三四百美元的时候,他只能卖几十块。"

"就是啊!"

"但是,他真的好勤快,每天早上七点就推着车去查房了。"

"你怎么知道?"

"因为我也要上早班呀,讨厌的早班,烦死了,真不想那么早起来。"

"我也是。"

"每次我看到他,眼睛都是红色的,充满了血丝。"

"就是啊!每天那么辛苦,睡觉又伸不直腿,起得又早,上午去查房,下午去泳池,晚上又去餐厅,下班后还经常去喝酒,一天能睡几个小时呢?"

"不过,他结婚了吗?"

"结了的,我问过他,有三个小孩,三个都是女儿。"

"哇,真好,女儿一定很爱他。"

"是的。"

"他一定需要很多钱,才那么辛苦,不知道他的女儿有多高?"

"就是啊!好想去他家看下,看下他的妈妈,每次聊天他都要说他的妈妈。"

"我也想去,什么时候呢?"

我们望着窗外黑色的海水,喝着加了青柠的金汤力,相当认真地谈论大个子的人生,直到酒喝完,才各自散去。

去迈阿密

船在加勒比海的时候,停靠的母港是加尔维斯顿(靠近休斯敦),不是什么很起眼的地方,也很难在地图上找到它。但是,好歹也在美国,在得克萨斯。

得克萨斯,啧啧,我的脑子里突然想起科恩兄弟的黑色电影。在我的印象中,那一带,除了牛仔,就是凶杀,似乎到处都是野牛狂奔,牛仔乱窜胡为,墨西哥黑帮凶神恶煞。其实全不是那么回事。

城市(毋宁说是小镇)一片安宁,几条仅有的街道大大咧咧地排列着商店,十来个酒吧穿插其间。酒吧里的电视终日播放着橄榄球赛的录像,吧台前坐着几个大汉,守着几杯啤酒,度过一段时光。

马路是由赤红色的石砖铺就,看不到钢筋水泥和沥青,仿佛从乱世佳人那个时代便一直不变,马车道和电车道的痕迹依然明显。偶尔一队彪形大汉骑着哈雷摩托招摇而过。眼前的街道,除了宽敞,还是宽敞。

到了美国,移民检查便分外严格。

每个船员到了美国,每次停靠母港,至少要三次早起,拿着护照签证和入关证明下船,等待守候在那里的移民官的身份检查。不管你情愿与否,这就是美国。

当船在加勒比海待得差不多的时候,按照行程便要横跨大西洋,开往地中海。

途中，船停靠迈阿密一次。

迈阿密，又是一个如同斯嘉丽·约翰逊的身材和嘴唇般火辣和性感的城市。对于只有一次的机会（不管人生以后是否还会再去），我即使跳船也要下去。

我和菲律宾朋友迈克一起，他想去买个移动硬盘。我们搭乘班车，远远望见迈阿密热队的主场，从车上望去，显得那么渺小。街上的行人一下子多起来，我们从小乡村到了大城市。迈阿密地处热带边缘，天空出奇的湛蓝，空气潮湿又炎热。路边的棕榈树挡不住海风的吹袭，一阵瑟瑟地摇晃。商店一家挨着一家，卖什么的都有，我们饶有兴趣地随意乱逛。带着迈阿密标记的冲浪系列似乎卖得异常火爆，还有热队的宽大球衫。

我在纪念品商店买了一件印着迈阿密的无袖短衫，之后我去健身房便穿着"迈阿密"招摇过市（皇家加勒比邮轮公司的总部就在迈阿密，我们坐车也经过了，并不是很起眼的建筑，甚至低调得像忍者神龟的盔甲）。

当我要结束那个合同期的时候，大个子问我："中国人，你下个合同去哪里？"

"去美国，我要去佛罗里达，去迈阿密。"

"真的？简直不能相信你，哪条船？"

"不是哪条船，是去迈阿密，去公司总部！"

"你确定？中国人，不开玩笑。"我们都在开玩笑。

"去总部，下个合同我去迈阿密办公室。听着！是办公室，以后你们想去哪条船，跟我说就好了，我来负责所有的事情，哈哈，如何？你想去哪条船？"

"我想去世界上最大的一条船，我要挣好多钱，好多好多的钱。"

好多钱到底是多少，从来没有人计算过。

巴哈马夜游

船在去迈阿密前去了一次巴哈马。

在那里,船停靠港口一周,不接待客人,不航行,船彻彻底底地做了一次全身大按摩。

所谓的按摩,就是重新装修,拆掉旧的,换上新的,在巴哈马,整条船上上下下里里外外地被整修一通。十多天的时间里,没有客人,没有航行,全船进入修炼打坐的状态。船就静静地安坐在足球场那么大的露天工厂里,安心接受虱子般大小的装修工人一阵搔痒,不亦乐乎。上面很早就谈及船要大修一次,叫我们做好准备。三番五次开会谈及这件事情,硬生生塞给我们这个事实,至于做好什么准备,无从想象。

我的脑子里生出这样的景象:一条大船停在港口,丢在一边,空空荡荡,几个装修工人拿着一个榔头,叼着烟,戴着墨镜,像《海贼王》里的超级布鲁诺一样敲敲打打;我们则全部休息,白天去海边,晚上去酒吧,歌舞升平,曼妙不已。

我的心里已经打定主意:随它去修好了,我们只管尽情娱乐。可是事实全不是那么回事:我们照样有活做,而且还很多,每天都不能闲着。

大修前,我们便领到了专门的工作服。一条拉链从脖颈拉到裤裆,因为上下连体,像袋鼠的布袋,穿它要从脚开始伸进去,灰色的布料相当结实,如鳄鱼皮般,披在身上犹如地球的清洁战士。除了外套,还备有口罩、手套以及帽子。按照工作安排,我们被分成若干小组,每一组的工作内容不尽相同。我们小组负责什么呢?打扫垃圾!我们是彻头彻尾的垃圾打扫小分队!船大修,所有的公共区域都要翻新,因此产生的垃圾堆积如山,像翻车鱼肚里的鱼卵一样简直没完没了。我们有好几个垃圾打扫小分队并被安排成三班倒,每日十小时待命,哪里有了垃圾,我们便去往哪里。我们就像一群苍蝇一样飞来飞去。

这个时候,船上突然来了许多新面孔。他们(也有女孩子)是供职于各大邮轮公司的移动的装修工人。说是装修工人,不管水工、管工、电工、刷漆工,个个装备齐全,一身行囊满满当当,专业得可以上装修杂志的封面。每日里看到他们专心致志地做着他们的工作,也有休息,他们的工作并不是一刻不停,而是做一会儿休息一会儿。休息的时候,他们便会来杯咖啡,或者来一根烟。随意聊天,有时候我也和他们搭上几句。

说不清楚,我好像羡慕他们的工作,他们好像也羡慕我。

刚开始时,我们在船的内部,如同屎壳郎一样滚来滚去,清理永不消失的垃圾。有时候灰尘弥漫,我们便要戴上眼罩口罩,呼气又吐气,

世界尽头 / 153

灰蒙蒙的，感觉我们是在月球漫步。我们三五个人各自分工，把各种零碎垃圾装上拉车，然后拉到顶楼露天的篮球场，垃圾全部堆积在那里。接着会有集装箱被吊车吊下，我们把所有垃圾齐心协力一股脑儿全部扔进去，机器再吊起，倒进陆地上等候的装载车里拉走。

那半个月，一趟又一趟，我们不断地重复这样的活计，不用面对客人，不用计较小费，不用心烦，生活倒是挺轻松的。有的时候并不是很忙，我们便在船顶的球场打起了篮球。海上篮球队里，高的、矮的、胖的、瘦的、男的、女的，通通都有，是不用在乎实力的完全混搭的多国联合队；大个子打起了高中锋，他虽然慢，但是投篮不用跳。

我坐在旁边，和其他同事聊着天，在海风的呼啸声中，看着篮球飞来飞去。我想，一条船便是无数相遇的集合，当我们被上帝安排相遇在一起的时候，便应该彼此珍惜，一起尽情地挥霍那段短暂的时光。

船在大修的时候，不对外开放，船变成了船员们自己的城堡。船员餐厅歇业装修，所有船员，包括装修工人，都去客人的正式餐厅吃饭。棒球场那么大的餐厅，在人多的时候，我们要排起长队。这个时候，船上的总监们，包括厨师长，穿起白褂，撸起袖子，亲自为我们添菜。饭菜并不见得有多可口，但所有人还是吃得频频点头。

每天中午都有炸鱼，手掌那么大的鱼炸得焦黄，鱼肉肥满，从盘子里夹出来时还有一股绵绵的油香。趁热吃，鱼刺都可以嚼得稀烂，吞进肚里。排队很长，我常常等上很久，为的只是一只刚从热油里捞出来的炸鱼。遇到熟识的厨房朋友，我便可以要到一只大的。我知道，去得晚了，便只剩下些鱼尾鱼末了。即便是炸鱼渣子，涂上番茄酱，撒上盐，和着米饭，也是很好吃的。餐厅的同事守候在一边，不用面对刁钻的客人，他们的表情倒是轻松不少。

世界尽头 / 155

还有一件大事，船在大修期间，收银系统停止使用。该怎么办呢？匪夷所思的是，船上居然自己发行纸币。一美元一张，自由流通，船上变成了一个小王国。喏！一瓶啤酒便是一张纸，不用找零。虽说是纸，但好歹是钱，倒也印得有模有样。对不住的是，华盛顿先生被请了下来，换上M的标记，代表"海洋水手号"（英文为"Mariner of the seas"），除此之外和美元一模一样。这就是M币。M币一发行，小王国里的人便蜂拥而至，在财务室门口排起了长队。

我要喝酒，也换了二三十张。虽然更多的时候，我和朋友在寝室里喝酒，但是偶尔也去酒吧坐上一阵。船员后庭酒吧，每晚人来人往，不知道又有多少爱情肥皂剧上演。那个时候是最放松、最惬意的，我也知道，荷尔蒙的碎片是永远也清扫不干净的。

苏菲

在很长的一段时间里，我的室友变成了菲律宾的苏菲。

第一次他自我介绍时说："我的名字你拼不出来的，大家都叫我苏菲。"

于是，苏菲便成了我的好室友之一。

苏菲说："我们寝室要经常聚会，很多人要来喝酒吃东西，你会不会介意？"我说："完全不介意。"我接着问："我怎么从来没有在后庭酒吧见过你？"苏菲说："那是因为我只在寝室和朋友一起喝。有吃的，有喝的，醉了也没关系，自由自在。"

接着，几乎每晚，我们都会叫上自己的小伙伴在我们的小叮当屋里喝酒聊天，甚至还会唱卡拉OK。

苏菲并不常去健身房，每日喝酒，却还是长了一身肌肉。

他喜欢穿迈阿密热队球衫，露出比象鼻还粗的膀子，肩膀上的文身是耶稣受难像，他虔诚地信仰基督教。苏菲是调酒师，他有一个打了结的布袋，里面装满了神奇的小玩具，有扣子、珠子、硬币、戒指、项链，还有一副纸牌。他并不经常给我表演他的魔术，但是每次我看了都目瞪口呆：这是怎么变的？天知道，苏菲的表演自有苏菲的魅力。

通过苏菲，我和船上很多菲律宾人都成了朋友，彼此以兄弟相称。

特别是厨师，苏菲和厨师的关系尤为好。这样的好处便是，每天夜里我们都有美味海鲜，酒也不用花钱去买了。

如果苏菲生在古代，家里肯定也如孟尝君一样有食客三千，络绎不绝吧。菲律宾人都喜欢吃鱼，但并不像中国人烹制得千变万化，而通常只是打理干净，扔进热油里炸熟，然后蘸上酱汁，做下酒零食。做法图个方便，味道却也不坏。

我喜欢炸鱼喜欢得不得了，每天夜里都可以吃到炸鱼，虽然不是滚热焦黄，但是如果放冰箱里冰镇透，挤上柠檬汁，蘸着辣酱，喝着黑啤，真是美妙的享受。

除了炸鱼，偶尔会有三文鱼，被镇得冰冷，切成厚厚一片，涂上苏菲特制的辣酱，混着芥末和柠檬汁，入口舌尖一阵辛辣，但是辣味很快褪去，取而代之的是三文鱼的滑腻，嗖嗖地滑进肚子里。拳头那么大的龙虾也会经常吃到，蒜香的味道，飘得满屋都是。

不知道是不是自己的心情太愉快，舌头太安逸，每次饮酒作乐，我都开心不已。白天的辛苦和累积起来的烦恼纵有千丝万缕都被一盘炸鱼和几瓶啤酒冲得不见踪影。

只要大家相聚，一起开心就好了。开心，不就是如此吗？

在巴哈马的一个晚上，苏菲问我要不要和他们一起去海边。

那天，我早早地溜下来，换上短裤，在寝室耐心地等待苏菲。等到下班时间，已是凌晨。他和菲律宾朋友一起，加上我，还有一位调酒师和他的意大利女友。

我们组成夜游巴哈马神秘兮兮小分队。出了船，走过一条悬空而搭的长长的通道，我们像蚂蚁一样爬过一条巨大的"鲸鱼"。"鲸鱼"在短暂地沉睡。夜色静谧，难得听见蛐蛐的鸣奏。

苏菲跑船十多年，在酒吧做事之前，是开货轮的二副。

他还说，他曾经混过黑道。他来过巴哈马无数次。他走到哪里都是扮演带头大哥的角色。

我们只管跟着苏菲向夜色的深处走去。路边，霓虹灯逐渐变得迷离，无数的飞蛾扑来扑去，更是把夜色撕得支离破碎。我们打开手电筒，踢着路边的碎石子，安静地行走，一路听着安东尼随身携带的音响一首接着一首地播放迈克尔·杰克逊的歌。就算偶尔朋友们细细地私语，也是迅速被风吹走，消失在世界的尽头。没有人愿意打破这片安逸的沉默。

还没有走到附近的市镇，便有朋友按捺不住，打开一罐啤酒独自喝了起来。走了十多分钟，远远地看见一隅灯光。我们看到几个黑黑的影子在那里晃动。走到近处，才发现是揽客的出租司机。看到我们走近，他们便凑上来，打着手势，用"哟哟哟"的语气问我们去哪里。

苏菲和他们谈了一会儿，我站在一边静静地观察。他们一身零碎的打扮，邋遢得可怕，像是刚从坟堆里爬出来的。有一个"瘦头陀"和一个"胖头陀"，一个"晾衣竿"和一个"矮冬瓜"。除了皮肤黑得可以忽略不计，他们脖颈处无一例外地吊着闪亮的项链，那说话的语气就像是在交易一艘航空母舰。正当我做好了要随时拔腿就跑的动作，苏菲和"胖头陀"谈好了。我们上了他的车。

"胖头陀"穿着洛杉矶湖人队的黄衫，裸露的膀子起码有两个苏菲的胳膊大。互相寒暄后，车便开上了马路，三个孤独的身影逐渐在黑暗中褪去。我坐在窗边，看到路边的景色像电影画面一样流去。

苏菲问他附近哪有酒吧，我们想先去喝一杯。"胖头陀"不太搭话，只是说会带我们去几个不错的地方。他问我们从哪里来。他们说从菲律宾来，我说我从中国来，在船上工作，去往世界各地。"胖头陀"嘴里"哇"的一声，然后就是一阵沉默。他的脑子里在思索什么呢？

为了不让他在方向盘上睡着，我们放起了音乐，这次换成了山羊皮乐队的高亢声音。

"胖头陀"为我们选的酒吧，并没有多少人气，寂寥的桌椅上没有一个女孩。我们在一旁通宵营业的汉堡店买了两个五人份的套餐，包括一大袋薯条。

店里的侍者是个上了年纪的女人，满脸的倦容在夜色中显得尤为凝重。几个嘻嘻哈哈的小鬼在那一带转悠，像口香糖一样和我们搭话，想问我们去哪里寻欢？我们上了车，便直奔海边。

我越来越兴奋，想象不出夜里的海边是多么美妙。

那晚的星星璀璨不已，是不是热带的夜晚都是这么晴朗？"胖头陀"的车越开越快，我们的心情被呼啸的风吹了起来。大家跟着音乐一起唱起了歌，歌声含糊不清。

我不会唱，只会一个劲儿地跟着"啊哈哈，啊哈哈……"快活的气氛感染了我们每一个人。

临下车前,苏菲送了一袋五人份的汉堡套餐给"胖头陀"。他伸出硕大的拳头和我们每人碰了一下,保重,远方的朋友。

沿着一条废弃的小道,我跟着他们向海边走去。旁边是宁静中沉睡的房子,我们的脚步声不知惊动了哪条狗,吠声一阵阵传来,直到被海的声音淹没。

到了海边,我的脑子一片空白。这个时候我也抑制不住,发疯般地奔过去。我在海边狂跳着。海水一浪接着一浪,拍打的潮水像少女的呼吸一样在耳边环绕。海水冰冷,刺激着我的皮肤,身上的鸡皮疙瘩掉了一地。

意大利女孩尤其兴奋,脱去外衣,便拉着他的男友冲到了海里。海的尽头处,一排渔船亮着微弱的光芒,月亮时不时从乌云里探出头来,投下的月光温柔可爱。

苏菲显得特别滑稽,跳到海边打起了咏春拳,招式奇特,不明所以。月光处,我看到他单纯得像个小孩子。

我们在海边的别墅前,选了块空地,坐了下来。

为了来海边,我们带了好多吃的。炸鱼自不必说,还有两只烤鸡,一大包炸虾,还有各种零食。除了吃的,还有一瓶绅士杰克丹尼,一瓶灰雁，一瓶摩根船长，数不清的可乐和啤酒，甚至还有专门兑伏特加的蔓越莓汁。菲律宾朋友真是想得周到，还带了柠檬和青柠以及蘸炸鱼吃的辣酱。

我们的生活从来没有如此的美好。

我们在海风的呼呼声中，抓着鸡翅和薯条，一杯一杯地干着。每个人都自斟自饮，没有人劝谁要多喝几杯，只是感情到了，碰上一碰。我按捺不住情绪，豪迈之情涌上心来，和他们一杯又一杯地碰了又碰，我抓起相机把我们鬼影一般的幻影装进记忆里。

我的思绪纷飞，世界的另一边，有谁还记得在尽头处，凌晨三点半，我们七个人，彼此的回忆曾经交集在一片无人的海边？

朋友Dean喝醉了，倒下来便昏昏睡去。

我也有点醉，但是强作清醒。我沿着海边散步。

卡尔维诺写过一本书，专门描写海和浪花。他像一个神经科医生一样观察海浪的一举一动，捕捉它每一次气氛不同的潮起潮落。我怀疑这个世界上，除了写书的和作画的，还有谁会这么细致地观察一片大海呢？我走得越来越远，直到一片岬角。

海上的生物尽在偷偷摸摸地忙碌着，特别是沙子里跑来跑去的寄居蟹。海角边突起的石头被海水反复打湿，在月光照射下，我看到有爬虫一样的生物在上面慢慢蠕动。当我要靠近,它又迅速地逃掉。走到远处,有一个露天的餐馆,铁架棚子吊着两个轮胎,我坐了上去,摇了好久。

当夜色逐渐凝缩,天空慢慢泛白,太阳从地平线上升了起来。
这时候,一群海鸟飞了过来。在我们上空盘旋。我们把好些剩下的食物扔向天空,看它们在空中抢食。
海的颜色逐渐清晰,远方的阳光温暖,我们看到越来越多的海鸟在我们的四周飞来飞去。海边的别墅也渐渐苏醒,一只白狗和一只黑狗在铁栏里带着迷惘静静地望着我们。
一对夫妻模样的晨跑者从我们身边跑过,我们下意识地打声招呼,说声"早安"。

早安,你好,巴哈马,我会记住你的。

尤金

在苏菲的寝室（也是我的寝室），我们几乎每夜畅饮。

苏菲特别喜欢唱歌，不知他从哪里弄到一个卡拉OK播放机，还有几十张歌碟。让我惊讶的是，居然还有中文歌，都是二十世纪八十年代的粤语金曲，包括那首张智霖的《片片枫叶情》。

当他们说菲律宾话我听不懂的时候，我便一首接着一首唱歌，直到大家都喝得酩酊大醉。每天聚会结束后，苏菲都会把寝室打扫得干干净净，我完全不用出力。评选他作为我的最佳室友，实在是当之无愧。

来我们寝室喝酒的除了普通船员，还有我们的"老大"。

他叫尤金。美国的剧作家尤金的名字，额上却留下好长一道疤痕，像是刀砍的结果。尤金平时不怎么笑，一副严肃的面孔。我和他不熟时，偶尔会看到他笑，他脸上的那道疤痕像蜈蚣一样伸展开来。我看了生怵。

我搬到苏菲的寝室，从没想到可以和他一起喝酒。

尤金有一个日本的女友。日本女友是主持人，笑起来像《一公升眼泪》里的女主角。天知道过了多久，日本女友回国了。尤金就开始来我们寝室喝酒了。

菲律宾是世界上典型的海员国家。

他们很少和你谈事业,他们谈的是全世界的港口。海员的人生漂泊四方,不仅男人,女人也是如此。

他们在这个世界上有两个家,一个在陆地,另一个就在海上。海船上手掌那么大的寝室,便是他们的家。虽然总是换来换去,他们也会用心装饰,那不仅仅是干净整洁,甚至会让你觉得温馨。

而中国人不一样,家只存在于故乡。海上只是一个寄宿地,或者只是一个睡觉休息的地方罢了。

尤金喜欢看书。有时他会带一本酒店管理学的书过来,边喝酒边聊天边看书。忘记了是谁最先触动了那个开关,我们的话题开始经常聊到书。我们常常拿一杯杰克丹尼,从菲茨杰拉德聊到乔治·奥威尔。

上船之前我在武汉图书馆看了一年的小说。几十位已经逝去的作家陪着我等待船期,把他们毕生的作品给我阅读。上船之后我找到船上的图书馆,但是里面的书绝大部分都是英文,我便很少去借。除非是心如止水般的沉静,我实在很难有耐心费心费力地去读英文书。

我已经有一段时间没有看小说了。我们像评论足球运动员一样评论我们看过的小说。

"我喜欢的是海明威、毛姆,海明威是最简练的了。"尤金的中文说得特别好。

"对的,特别简练,海明威真是一股清流,比如茨威格,读完他的作品我都快吐血了。"

"对,我一点也不喜欢他,太琐碎了,太多心理描写。"

"是的,太多心理描写往往适得其反,让读者自己猜测就挺好的,像东野圭吾的《白夜行》,里面完全没有男女主角的心理描写。"

"我记得,亨利·詹姆斯简直就是心理描写写得最啰唆、最烦琐的。"

"哈哈哈哈。"

"《白夜行》我看了三遍,写得非常好,点到为止,写了一个时代。"

"是啊,《白夜行》太优秀了。我对本格派那些诡计不是很感兴趣,天花乱坠的,并不吸引我。"

"我不喜欢纯推理,可能是我的脑袋不行,岛田庄司我看完了就忘了。"他摸了摸自己的寸头。

"嗯,本格派像看热闹,社会派深得我心。"

"《点与线》《砂器》,松本清张,我看过他的传记,非常的职业,认认真真地写小说。"

"我真的好羡慕他们的文艺创作氛围,诞生了那么多厉害的小说家。"

"是的。"

"什么时候,我也要写小说,只是谈何容易。"

"海明威成名之前穷了好多年,并且一直坚持自己的风格。"他顿了一下又说,"你想写的话,一定可以的。"

"好的,等我以后写了,我发给你看。"

可能是酒精的原因,我们越聊越深,尤金也常常喝得醉醺醺的。有一晚,他的脸已经红得像意大利婚礼上的地毯,他对我说:"我最喜欢的作家是雷蒙德·钱德勒。"

我的心不禁一颤,犹如置身井底突然被蚯蚓从颈上爬过。我定定地望着他浑浊的眼睛,确定他的吐词是否清晰。

"没错,我喜欢的就是雷蒙德·钱德勒,那个酗酒的硬汉。"他手里的那杯摩根船长已经见了底。

我给他添上酒,加上冰块和可乐,醉意清楚无疑地写在他的脸上,我却清醒异常。要不是尤金提起,我差不多都要忘记这个人的存在了。他的那几本侦探小说、他的酗酒人生,关于他的阅读体验犹如火车轧过我的大脑,如一阵风吹过皮肤,清晰得可以摸到记忆的棱角。

雷蒙德·钱德勒并没有写几本小说,他一生喝的酒比他写的文字多得多。他深爱他的妻子，无奈妻子先他而去，他无以打发悲伤和孤独，每日酗酒，直到耗尽最后的才华。第一次看他的书后，原谅我，世界上居然有这么硬邦邦的不耍嘴皮子、不说几句风流话、不被人敲几下脑袋不行的私人侦探。

侦探马洛，已经在我的脑海里扎下了根。在我上船前，等待船期、无所事事寥寥无趣时，我在图书馆翻到了他的书，一口气看完他的几本硬汉推理书。

然后休息三五天，接着重新再看一遍，酣畅淋漓，甚至喘不过气。雷蒙德·钱德勒的俏皮话可以抵御所有的空虚和无趣。在世界的另一头，在封闭的叮当屋里，在尤金的酒后醉语里，我再次忆起雷蒙德·钱德勒，不得不说是相当奇妙的经历。

那一夜，尤金喝到很晚，我们喝了一个泳池的啤酒加威士忌。喝完酒，当我正徜徉于钱德勒的侦探小说时，尤金对我说："如果你需要酒，请不要自己去拿，告诉我，我帮你拿。"

我一直在想，如果我是一个女人，我也会爱上尤金，从某个意义上来说，他就是脸上带着刀疤的侦探马洛。

去澳洲

第四个合同期,我去了"海洋航行者号"。

时光如尘,风云万里。

刚去的时候,我们在东南亚待了一个月,我便每天期待快点去澳大利亚。从新加坡到澳大利亚,船需要穿过赤道。那漫长的半个月的航程是炎热不堪和焦灼不化的。

在印度尼西亚的岛屿,船长甚至发现了鲸鱼,哪来的兴致,船长在广播里款款相告在船的左舷有鲸鱼现身。好大的一条鲸鱼,不属于热带,也不知从哪里来的,正潇洒地往天空喷水来着。鲸鱼是否一直跟着邮轮环游世界或是一直尾随邮轮有吃有喝不得而知。

那热情的广播、激动的语气,搞不好是船长和鲸鱼联合串通好了的。我也丢下工作,去凑了热闹。阳光照在海面,反射出的光芒让人睁不开眼。我努力调节焦点,终于发现在遥远处有一簇喷水,那仿佛是鲸鱼。也许是天气过于炎热,鲸鱼始终没有露出水面,我看了好一会儿,直到船长的广播销声匿迹,我和鲸鱼最近的接触也草草收场。

船穿过印度尼西亚,一路往南开到澳大利亚的西海岸,在一个堆满矿石的工业码头做短暂停留。

两周的时间,船行驶到澳洲航线的母港——悉尼。

我终于可以在地图上把悉尼的名字用一个小圆圈圈起来。不知不觉，我的世界地图已经圈得满满当当。我也收集了每个港口城市的冰箱贴，我把它们全部贴在墙上，每一个城市都有些许的片段，就这样集合起来，便是一个海员所拥有的一切。

　　当船抵达悉尼的时候，夜幕已经拉下，云彩逐渐淡去，黑夜如雨帘一样笼罩着天空。刚下过雨的样子，空气一片清新。我跑到十一楼甲板，沿着栏杆俯瞰关于悉尼的一切。港口附近是繁华的高楼大厦，以及穿梭来去的轨道火车。悉尼歌剧院和悉尼大桥，就活生生地摆在我眼前，犹如芭蕾舞里的黑白天鹅，一个柔美，一个雄壮，要不是眼前的一片海，它们迟早会拥抱在一起。

　　夜色是个温柔的东西，可以把浮光掠影打磨得玲珑剔透，妖娆又可爱。那一晚我没有机会下船，我给悉尼的朋友打了电话，我到悉尼了，下次请抽出时间，我们聚一聚。我到悉尼了，我在心里总是对自己这么说。

　　当我的脚踩到悉尼的陆地上时已经是一周后的下午。朋友如约来接我，我坐着他的二手越野车，在这个陌生的城市里穿梭。望着车窗外的纷纷扰扰，听着已经不再流行的流行歌曲，我们有意无意地聊着过去一路上的点点滴滴，聊着各自未来的人生。我突然想留下来。我把这个想

世界尽头 / 171

法告诉了朋友，他便为我出谋划策，甚至开始规划我的将来。好像如果我能留在澳洲，世界将会不同凡响。

澳大利亚是一个安逸又宁静的国家，大大咧咧的，不化妆，不穿高跟鞋，就像邻家的阳光女孩，笑的时候总是带着酒窝。

澳大利亚是户外国家，阳光总是洒得满地都是。

生活在这里的人似乎感受不到一丝的烦恼，似乎总是安逸而舒适，小孩可以肆无忌惮地玩耍，年轻人可以去玩滑板冲浪，老年人可以在阳光下看一整天的小说，当你无聊的时候，你就开着车到处去溜达吧。

想象在脑海里便是这个样子，让我飘飘然，可怜我看不到现实的骨感。我还是要回我的船上，喝我的酒，发无聊的呆。

那天我们去了市中心附近一个年代久远的天主教堂，大门紧锁，我们便在周围的树林里乘凉，坐了好久。天空如此的湛蓝，我看到一行英文字母像云朵一样飘着，我反复揣摩，也不得其意。朋友说那是某公司的促销广告，会用飞机在天空中造出任意字句的云朵，天空每日晴朗，有时可以飘上一整天，抬头就可看到。这到底是什么样的广告需要这样大张旗鼓？

不过，如果你爱上一个人，花上一点钱，造出"亲爱的某某某，我们结婚吧"字样的云朵,女方怕是万分感动。但是,转念一想,这在澳洲怕是司空见惯,女孩也不见得会那么感动吧。

当肚子饿的时候,朋友带我去唐人街吃饭。

对,就是吃川菜。那家菜馆的火爆肥肠做得相当不赖,回到船上以至于我每天想着它流了好久的口水。我也许是当时太馋,沾上麻辣的味道,便瞬间心满意足。

对的,那股乡愁的幸福真是来得太简单了。

第二次见到朋友的时候,有大学的女同学,还有我在船上的朋友,我们在悉尼最著名的邦迪海滩会合。

要说全世界最性感的海滩,我执拗地认为就是邦迪海滩。

我们到了那里,已经是人山人海,比基尼短裤铺天盖地,这里是澳洲年轻人冲浪的圣地,"之一"暂时抹去。要说黄金海岸,我没有去,但是我来到这里已经享受得不行。

海水是温凉的,我和朋友脱了衣服便冲进水里。一阵一阵的海浪推到身前,又在身后消失,我们随着海浪起起伏伏,被冲上又冲下,乐此不疲。旁边的几个韩国女孩分明用韩国话尖叫嬉笑,我们越发感到兴奋和快乐。

当偶尔平静时,我向海的尽头望去,当一个大浪以摧枯拉朽般的气势推过来的时候,我看到几个年轻人抓着冲浪板在巨浪里翻滚着又消失掉。《天龙八部》的"凌波微步"在海水里如此轻易地可以被模仿,我感到畅快不已。往日的烦恼一扫而光,我们只会享受那短暂的快乐。

有的时候,我会试图平躺在海面,当我做到了,我便觉得特别开心。快乐如海里的沙子,可以真真切切地感觉到。嬉皮士常常叨的及时行乐是否就是如此,当我在海边,当我和朋友在一起,当我在海浪里沉浮,我感觉世界才是真实的存在,我被海浪推来推去,如同在太空一般。

时间渐渐溜走,我们也该回去了。

我和朋友们在海边照了张合影,那一天,说实话,真是开心(原谅我说了太多次)。

回去的路上,我向路边玩滑板的小男孩打招呼,伸出大拇指,他也伸出大拇指,眼神单纯。

车上播放的音乐是 *Pumped up Kicks*(《飞天小男警》),我的思绪纷繁复杂。我想去冲浪,想去玩滑板,想每天去酒吧喝酒,想看澳洲足球,想听澳洲音乐,想去农场工作,想去大堡礁,想留在澳洲。

在船上,每天我都遇见许许多多的客人,碰到聊得来的便会一起聊上几句。有时会聊各自的爱好、各自的生活,泛泛而谈,不着边际。

我曾经试图把我想留在澳洲的想法表达出来,但是往往话在喉咙我便强行打住。客人坐邮轮度假,进酒吧是来喝酒作乐的,是来享受安逸放松的,而不是来听我唠叨的。我固执地认为,所有叽里呱啦莫名其妙的话都不要掺杂进去,那会破坏客人的心情。

即使客人看我顺眼,留给我电话号码甚至家庭住址,即使我确实想过让他给我安排一个签证需要的担保,给我找一个农场或者餐馆的工作让我能去澳洲,甚至我们拥抱着说一定要在澳洲相遇,但是,说说罢了,千万别当真,该干吗还是干吗。我自己现在的生活也不赖,不必给自己也给别人那么多的期待。

在船上,我碰到一个澳大利亚的调酒师,他来自悉尼。

"你叫什么名字?"

"嘿,我叫David, David Smart!"

他很聪明,爱情也很专一。他苦苦地追求一个英国女孩,对方也长得无可挑剔,像《吸血鬼日记》里的女主角。

他请她喝酒,用英国腔逗她笑。他和她好了一阵子,大概一个月的样子。其他的男孩请她喝酒,用其他国家的语言和她开玩笑,她也和他们好了。

他每次一下班都会去酒吧找她,系着他的印第安纳头巾,穿着破洞的牛仔裤。有时候,她和另外的男孩在一起,但他还是愿意请她喝酒,虽然她已经不想和他跳舞。她下船回家了,他也不再接近其他的女孩。

他并不在乎能挣多少钱,虽说如此,但也看不到他在工作上有一丝的懈怠。和他搭档,爽快利落。工作累了,他会开一瓶啤酒和我一人一半,我们喝得一干二净。我喝酒的速度就是那个时候练出来的。喝到微醺,出去干活,我觉得浑身欢快,才不管其他人什么表情,我只管傻笑。

"我说,你为什么要来船上,这里工资这么低?"

"我想环游世界,我想去更多的地方。"

是的!我也是这样。

"接下来,干什么呢?"

"想去亚洲看看,我喜欢到处走走,想去看看中国和日本。"

"还是澳洲好,为什么不在悉尼找份工作呢?"

"我还去过欧洲,在德国待过一阵子,我想看不一样的生活,我想去印度看看。世界杯时,我也想申请去巴西。"

"毛姆你知道吗?刀锋?拉里?"

"什么?"

"算了,你会做到的。"

我从来没和David坐下来好好喝一杯酒,有的只是在一起上班时每次十五秒喝完半瓶啤酒。

塔斯马尼亚

除了悉尼,我也爱墨尔本,最爱的是塔斯马尼亚。

那一片处女般的宁静和与世无争。

有一次,我和朋友在塔斯马尼亚港口租了单车,沿着小镇骑到很远。一路的风光旖旎,连我们的呼吸都可以清晰地听到。我们在海边停下,沿着沙滩散步,看着附近的小孩在海浪上冲来冲去。有其他的邮轮在我们眼前驶过,惊起的海浪一层一层地打过来,让孩子们开心地翻滚其中。

还有一次,我们搭乘旅行巴士,满头银发的老婆婆一边开着大巴一边讲解一路的风景。看不尽荒野的农场和山地。我们在一片湖水里看到休憩的黑天鹅,无边无际的粗犷让我想到了西北的大戈壁。

我们来到一个没有铁丝没有围墙也没有栅栏的袋鼠野生动物园。在动物园散步总是一件浪漫的事。

袋鼠兄可不这么认为,一个个无精打采,对大老远兴冲冲赶过来的游客爱搭不理。客人上去套近乎,用玉米粒去吸引它们的注意。年轻点的小袋鼠或许会跳过来把嘴凑到你手上一阵窸窣。年老的就懒得多啦,歪着脑袋望着远方,数不尽的回忆还来不及慢慢梳理,哪有什么闲工夫去吃玉米粒,更不用说和来路不明者拍照,岂有此理。袋鼠妈妈肚袋里还耷拉着一只小袋鼠,妈妈对于游客们热情的搭讪显得不情不愿,一会儿便跳得远远的。

有一只袋鼠始终坚定地站在一处，和一个个游客留影，表情自然，不做作，不乱动，不装腔作势。这只袋鼠肯定被动物园"洗脑"了，不知它和其他袋鼠是怎么相处的。虽说如此，我也还是上前挨着它来了张合影。

动物园里，除了成队的袋鼠，还有小野猪。黑色的野猪，毛手毛脚的，在自己的领地里钻来钻去，傻傻的劲头倒是惹人喜爱。我想我忍了好久才没有上去摸它。野猪"呼"的一声就不见了。

留着络腮胡、头发蜷曲的年轻管理员站在路道上，手臂上爬着一只巨大的变色龙。浑身冷血，颜色怪异，我看着生怵。

"络腮胡子"怡然自得，像一个吉卜赛人向身边的游客讲述他手上的那只可爱的变色龙。他的词汇量巨大，我只听懂一个词语：Cute（可爱）。不骗你，他形容手上的变色龙相当可爱。

动物园里的思维真是让人费解。离"络腮胡子"不远，是另一个男子，有白色胡子。他手里抱着的是考拉。考拉像婴儿一般被男子抱在胸前，真像是他的孩子。也许是工作需要，也许是发自内心，"白色胡子"相当热情地对路边的游客讲解，吐词轻快，但我始终跟不上他的节奏。

考拉黏在他身上,把头埋在他的颈间,像是睡着了。看着考拉舒服的样子,我都要打哈欠了,好久都没有睡过懒觉了,考拉真是幸福。

我下一辈子要不要转世做一只考拉?想倒是相当想,但是这个转世竞争想必相当激烈,还是作罢,考拉也自有考拉的烦恼,这也只有它才知道。另外还有几只考拉在树屋里睡觉,围着栏杆,我们经过、探望都是悄悄的,生怕惊醒了它们。我这一路真是哈欠连天啊!考拉固然可爱,但是有时游客往往看着就想去摸一摸,被人随便摸来摸去,换作谁也会闹情绪,何况还是敏感的考拉。所以还是请打住,远远地看看就好了。它睡着了,就不要去打扰了。

坐在回来的巴士上,几次经过著名的景点,车都会停下,我们便下车溜达一圈。阳光特别的温暖,我们像久经禁锢的囚犯被突然自由地扔在麦田。

那种心情,虽然过去了很久,偶尔还是能够清晰地记起,那些片段宛如昨天。

记忆里想起一个巴西女孩(在"海洋水手号"工作的时候)。她的名字也叫艾美丽。

她有一副天使的面孔和魔鬼的身材。艾美丽是属于让人第一眼看到便会喜欢、第二眼第三眼看到会更加喜欢的女孩。

我们是同事,有时一起工作。每当外面乌烟瘴气,每个同事都风风火火,抓紧每一分钟抢单挣钱,甚至连我也在前线奋战的时候,艾美丽总是毫不在乎。

她就是上帝的宠儿。她的眼睛里装满了湖水般的澄净。她喜欢小孩子,发自内心的喜欢。她自己就是一个小孩子。

碰到这样的女孩,不和她聊天,不去了解一下她的内心世界实在是一种罪过。

在泳池酒吧工作时,我们都在切水果,每天都要切一大桶的青柠、菠萝和橘子。边吃边切,我们便聊天。

"你好吗?"

"很好,谢谢。"

"咔嚓咔嚓",青柠被切成一半又一半。

"你来多久了?"换作她问我。

"才三个月,第一次来这边,还不是很熟。"

"你喜欢这里吗?喜欢那些同事吗?"

"有些喜欢,有些不喜欢,没什么。"

"上次我看到你和那些黑人吵架了,看到你发好大的火。"

没想到当时她也在。我只是狠狠地一巴掌拍在不锈钢的操作台上，"啪"的一声，把在场的人镇住了，我的手也疼了一两天。

"没什么，我挺好的，大家都是为了挣钱，都挺不容易的。"

"你们中国人真的好勤奋，我好想去中国看看，那里应该很漂亮吧。"

"我也想去巴西，去里约，看一场球，对了，你看足球吗？"

"啊？哦，我喜欢看球，但是，我不喜欢巴西，真的不喜欢。"

"为什么？"我感到非常惊讶。

"因为巴西很乱，也很穷，不安全，我不敢一个人出门。"

"我想是因为你长得太漂亮了吧。"

"不是的，是真的不安全，我觉得巴西不好，我不想做巴西人。"

"好吧。"

后来船上来了一个挪威人，来我们酒吧工作（也是和我们一个职位）。他来了不到一个星期，我便在后庭酒吧看到他们的手握在一起。听其他的同事说过，艾美丽在船上交往过三个男友，年龄由高到低越来越接近于她，他们都有一个共同点：北欧人。

我问她："你喜欢什么样的男孩呢？喜欢中国人吗？"

"我喜欢北欧的，那里是世界上最好的地方，我希望嫁给一个北欧的男人,那样我就不用做巴西人了。"

"你家里人怎么办,如果你嫁到北欧?你不怕冷吗?"

"我有一个外婆,我最关心的是她,我很爱她,每次回去我都和外婆待在一起。"她停了一会儿,又说,"外婆老了,我也想带她到处去转转,她一辈子还没离开过那个地方。"不知不觉,她手上那个菠萝越切越畸形,已经不能用作鸡尾酒的装饰了。

"你肯定可以的,只要你想,肯定可以的。"

"谢谢你,中国人里面就你最好,你也会过你想要的生活的。"

"但愿吧。"

挪威男人就像深海里的三文鱼片一样新鲜而生涩。

巴西女孩艾美丽便是那抹芥末,蘸在一起便是一段亦苦亦辣有持久味的恋情。无论从哪个方面来看,他们的结合都如同上帝安排的一般,我不知道它的保质期是多久,但以她可爱的性格而言,我希望它不会变质。

这么说,她不喜欢船上的生活,她来只是想等到一个喜欢的人,并且来自北欧。他也非常不适应船上的生活,他莫名其妙地来了。就这样,他们便在一起了。他们在一起一个月,她就要回国休假,因为这个合同期结束了。

挪威男人留在船上。如果小说《冰岛渔夫》要翻拍成电影，挪威男人肯定是男主角的不二人选。一副郁郁寡欢的样子，简直不用修饰。在酒吧里，远远地看见他独自对着黑黢黢的大海喝啤酒。

我照旧和朋友们饮酒闲聊，只是看到他的影子在角落里不一会儿就消失了。

他的心根本不在这条船上了，除了巴西和艾美丽，我想不出他的脑子里还会装载其他什么东西。

当艾美丽回来的时候，他的所有忧愁一消而散，无论在哪里，他们都是两个人，直到他又回国休假，她继续在船上做完她的最后一个合同。

后来艾美丽去挪威和他结婚了，他们终究是在一起了。